LUCKY MAN《ラッキーマン》

若山 陽一郎

評言社

はじめに

僕は『アナザースカイ』というテレビ番組が大好きだ。

ゲストが人生のターニングポイントとなったきっかけの場所を紹介し、将来の夢を描いた原体験を振り返り、心の故郷を訪れる。

いろいろな人のさまざまな人生に触れて、いつも興奮する。

「カッコいいなぁ～。ぼくもいつか出られるようになりたいなぁ～！」

見るたびに、そう思う。

友人にそんな話をすると、

「何バカなことを言ってるんだ。そんな夢物語みたいなこと」

と言われる。

この本を手に取り、「はじめに」を読み始めたあなたも、きっとそう思っていることだろう。

番組に登場するのは、何かで成功した人。有名人。

無名の四十を過ぎたいいおとなが見る夢ではないと、多くの人は思うだろう。

僕は二十歳そこそこのときに、『毎日が冒険』という本に出合った。著者は高橋歩さん。

本を出版した当時まだ無名だった高橋さんの自伝だ。

同世代の無名の若者が、エネルギッシュに行動し、とにかく突っ走っていくうちに、
道は拓き、最後には夢を成し遂げてしまう。

本を読んで衝撃を受けた。特に有名人でもないヤツが、こんなすごいことをしている。

あこがれた。

その本は、僕にとってバイブルのような存在となり、今も大切に持っている。


こんなふうに生きたい。

まだ何者でもない僕にも何かできるんじゃないかと、熱く思った。

そして、いつか僕も、人に影響を与えるような本を出してみたい。

もちろん、そのときはまだ漠然としていて、夢ともいえないような夢だった。

それが、偶然と偶然が重なって(もしかしたら、こういうことを必然と言うんじゃないかと、今は思っている)、三十二歳のときにココイチ創業者の宗次徳二さんとお会いする機会があって、

「君の人生は本になるよ」

と言ってもらった。

漠然とした夢が、ほんの少しだけ形のある夢になった。

その後、周囲の友人や仕事仲間に事あるごとにその夢を語っていた。

そうすると、ラッキーなことに作家さんを紹介してもらえたり、その本の中に僕のことをネタとして書いてもらえたり、講演で君の人生を語らないかと誘われたり。

本を出すことが、届かない夢ではなく、目的になっていった。

そして、ついにそれは現実となって、今、本のまえがきを書いている。

夢があれば、いつかそれが目的になり、そして現実となる。

僕はそれを信じて生きてきた。

もともと好奇心旺盛な僕は、いろいろなことにチャレンジしてきた。

もちろん何度も失敗した。夢破れて、苦境に立たされたことは数知れない。夢を諦めて転身した先でも、一瞬の成功のすぐ後にどん底を味わったこともある。

その間に、ラッキーなことに多くの人と知り合い、数々の出来事もあって、さまざまなことを学んだ。

仲間や先輩のアドバイスやサポートがあって、次のステップに進むことができた。


大きな転機になるほどの不思議な体験もした。

世界一周一人旅の途中、ギリシャのサントリーニ島で、人間の力を超えた、天の導きとしか思えないことに遭遇した。旅行前にスピリチュアルの先生から予言されたとおりのことが起きたのだ。

そこで出会った女性から、僕は「愛」について教えられた。

男女間の愛に限らず、人間同士のコミュニケーションやモノにもつながる愛について考えることで、生き方も変わった。

本書では、山あり谷ありの人生から僕が学んだ誰でもラッキーマンになれる方法をお伝えしたいと思う。

さて、僕はどういう人間か。簡単に自己紹介しよう。

岐阜県に生まれ、十五歳でストリートダンスを始めた。高校生のときに名古屋のダンスコンテストで優勝。二十一歳で上京し、ＴＲＦのバックダンサーになった。しかし、ある経営者との出会いをきっかけにダンスをやめてビジネスに転向。二十三歳のときのことだ。

その後、二十八歳のときに不用品回収会社に入り、一か月で営業トップになって、独立。仲間たちと立ち上げた不用品回収の会社、株式会社和愛グループは、若くて元気で真心を込めたサービススタイルが世に受け、インターネットの調査ランキングでは三冠を獲得し、今では日本一の便利屋集団と評されるまでになっている。

三十二歳のときには一人で世界一周の旅に出かけ、三か月で十五か国を回った。

その後ボランティア活動で訪れたカンボジアで、現地の子供たちの目の輝きに心を打たれ、孤児院の支援をスタート、クチャウ村での学校建設にも関わることになる。

愛知県小牧市の辺鄙な場所に立ち上げた、新しいカタチの次世代リサイクルショップ「リ・スクエア バナル」には全国からお客様が来てくれて、話題の店になった。

多種多様な経験をしてきたおかげで、講演の依頼も多くいただいている。企業や学生向けの講座以外にも、知人女性からの相談がきっかけで始まった「あげまん講座」は五年間で二百回の依頼があり、過去の受講者は二千名を超える人気講座となっている。

二十歳の頃、ダンサーを目指してＴＲＦのバックで踊っていた僕が、なぜ不用品回収業をしているか。

そこもぜひ注目して、読んでほしい。

目次

Phase 1

悔いはない。やりたいことに邁進した

Phase 2

出会いに感謝。走りながら考えた

Phase 3

自分と向き合う。進む方向を定めた

Phase 4

起業の精神。そして、その先へ進む

プロローグ～サントリーニ島の奇跡

三十二歳のとき、世界一周の一人旅に出かけた。
八か国目に立ち寄ったのは、ギリシャ。エーゲ海に浮かぶ美しい島、サントリーニ島にも足を延ばし、なんとも不思議な体験をした。しかも、そこである女性から伝えられたメッセージが、その後の僕の人生を百八十度変えることになったのだ。

その世界旅行については、若いうちに世界を見ておいたほうがいいとアドバイスをもらったが、仕事もあるから、行こうかどうしようか悩んでいた。
自分ではなかなか答えが出ない。そこで、時々相談にのってもらっている、スピリチュアルの先生に会いにいった。

その先生は、「すぐに行きなさい。あなたが今悩んでいることは、世界を回ることですぐに解決します。心配することは何もありません」と言う。

そして、先生の腕が何かに操られるようにサササッと動き、どこかの景色のような絵が紙の上に描かれた。

それを僕に見せながら、

「旅する中で、こういう景色に出合うでしょう。そのとき、年上の女性から、あなたの人生にとって大切なメッセージを受け取るはずです」

と静かに語った。


心配ないと背中を押され、僕は、よし行こうと、世界一周の旅に出かけた。

大切なメッセージって何だろうと思いながら、その絵をバックパックに放り込んだけれど、旅するうちにそのことはほとんど忘れかけていた。


最初に訪れたのはスリランカ。そして、ドバイからエジプトへ。ヨーロッパの国々を回り、ギリシャのアテネに三泊した。その後、青いエーゲ海と白い家のコントラストが美しいサントリーニ島に船で移動。

各国でSNSを使って、危険情報やオススメ観光スポットなどを、その国に住んでいる人から教えてもらっていた。アテネではエフィさんという女性が詳しく情報を送ってくれた。僕がサントリーニ島に行った翌日、アテネで別れた彼女がわざわざ飛行機に乗って島までやってきた。

海岸脇の道路をおしゃべりしながら歩き、この辺に座りましょうかと腰を下ろした。
目の前に広がるきれいな景色。
青い海。向こうには島が二つ連なっている。その前を船がすべるように走る。
それを見ている、僕とエフィさん。
おや、どこかで見たことあるような景色……。

もしかしてと、僕はカバンの中を探って、例の絵を取り出した。

僕は鳥肌が立った。見比べると、その絵はこの景色とまったく同じだ。
石畳の道、その手前に人間が二人いる。これはエフィさんと僕？

海には船。向きも同じだ。

その向こうに島が二つ。島の重なり方も同じ。

あのスピリチュアルの先生が言うとおり、この女性から、僕の人生にとって大切なメッセージを受け取るのだろうか。

実は日本を出る前にこう告げられたのだとエフィさんに言うと、彼女は静かに何度もうなずいた。

「そういうことだったのですね。私自身も納得しました。自分でもよくわからなかったけれど、今それを聞いてわかりました。実は私、昨日朝起きたときに、神様からサントリーニ島に行きなさいと言われました。それは行ったらわかるからと」

そう言って、彼女は語り始めた。

Phase 1

悔いはない。
やりたいことに邁進した

1　夢は粉々に散った～病気がくれたギフト①

僕は、岐阜県の各務原で生まれ育った。自然が残るのどかな町である。

小学生時代は、サッカー一色だった。サッカーに明け暮れていた。兄が小学校のサッカーチームに入ったのがきっかけで、僕も自然にサッカーをするようになった。

すぐに夢中になって、どこに行くにもサッカーボールを蹴りながら歩いていた。大人になったらプロのサッカー選手になるんだ、と決めていた。プロのサッカー選手だから女の子にはモテモテだ、と明るい未来を夢見ていた。いや確信していた。

通っていた小学校は、岐阜県の県大会で優勝するような、強豪サッカーチームのある小学校だった。東海四県（静岡県、愛知県、三重県、岐阜県）の大会にも出た。静岡県は、プロのチームがあって全国的に見てもサッカーが盛んで強い。その別格の静岡にも、肩を並べるくらいのレベルだった。

もちろん、選手のほとんどは小学六年生だ。その中で、小学四年生になった僕はレギュラーとして出場するときもあった。


子供の僕が、自分はプロのサッカー選手になると思い込んでも、不思議ではないだろう。そのくらい、僕の小学校時代は、寝ても覚めてもサッカーだった。

好きなサッカーをずっとできるのは、本当に楽しかった。好きだったから、楽しかったから、サッカーボールをずっと蹴っていた。


他のことは考えもしなかった。


その頃、学校の身体検査で尿検査があった。

血尿が出て、すぐに病院で詳しい検査を受けるように言われた。

母親と病院に行くと、即検査入院。腎臓の病気だったことが判明した。

そのまま入院は六か月にも及んだ。

これまで元気に運動場を走り回っていた僕が、だ。

毎日のように注射を打たれた。塩分は摂ってはいけないから、日に三度のご飯は味がしない。運動はおろか、安静にしていなくてはならない。


ベッドの上で過ごす日々。

学校も、院内学級に一時転校することになった。


できないことばかりが、頭の中をぐるぐる回る。


もう大好きなお母さんのカレーライスを食べられない。自由に外にも出られない。友達とどこかに行くこともできない。風呂だって毎日入れない。プロのサッカー選手には絶対なれない。

目の前が真っ暗になった。友達と同じことができないんだ。何でもない、些細なこともできないんだ。

そう思うと、自分は一人ぼっちなんだと落ち込み、暗く寂しい気持ちになった。今思えば、「疎外感」という感情だった。

自信もなくなり、自分が何の意味もない人間に思えてきた。


僕が入院したのは、父が薬剤師として勤めている名古屋の病院だったので、毎日仕事の合間に父が様子を見にきてくれた。父の存在がなんだか誇らしかった。

母は、毎日一時間かけて、岐阜から見舞いにきた。母の見せる笑顔がうれしかった。腎臓にはスイカが良いと聞いた母は、いつも重たいスイカを持ってきてくれた。

両親のおかげもあって、僕は少しずつ入院生活に慣れていった。

同級生の友達もいっぱいお見舞いに来てくれたり手紙をくれたりした。院内学級でも友達ができて、寂しいという思いも薄れていった。

しかし、退院してみると、改めて自分は友達と同じことができないんだという現実を目の当たりにすることになる。

みんなと同じ給食を食べられない。

体育も常に見学。どこに行くときもサッカーボールを蹴っていたのに。

プロのサッカー選手の夢は粉々に散り、代わりの夢など考える気持ちにすらなれず、自信ももてない毎日がただ過ぎるのみとなった。

小学四年の秋に退院して、残りの小学校生活は、ずっとそういう日々だった。


当たり前のことが当たり前でないと気づいた。

日常の、何でもないこと一つ一つがとても大事で、いとおしいことを知った。

それらは、「病気がくれたギフト」であると、今なら言える。

2　ヤンキーとバドミントン～病気がくれたギフト②

中学生になった。

病気のせいで制限されていた塩分と運動が少しずつ許されるようになった。しかし、部活での激しい運動などはまだまだ禁止されていた。

どういう中学生活を過ごそうか。僕にとって楽しい中学生活はどういうものか。


自分なりに考えてみた。


放課後、帰宅部は避けたかった。どこかの部に所属したかったし、仲間も作りたかった。

でも、どういうわけか、文化系の部活は自分には合わない気がした。とはいえ、運動はまだ禁止されている。

どうしたら、充実した中学生活を送れるか、僕は一生懸命考えた。

当時の中学には、ヤンキーがいた。

ヤンキーと言ってわかるだろうか？　髪型をリーゼントにして赤や緑に染め、学ランの裾が長くズボンは太い、いわゆる不良少年……といえば、だいたいはイメージできるだろうか。

そういう怖い先輩たちにいじめられることは何としても避けたかった。


運動部を探してみた。運動はできないけれど、どこか僕の居場所がないだろうか。

そして見つけたのが、バドミントン部だ。

男子バドミントン部の活動はまったく行われていない。それどころか、荒れていた。

そこはヤンキー先輩たちのたまり場だったのだ。でも名目上は運動部だ。


僕はあえて入部しようと思った。

そこには二つの打算があった。ヤンキー先輩と仲良くなれば、怖いものなし、中学生活は安泰だ。そして、運動部ではあるが運動しなくていい。

しかし、僕はヤンキーにはなりたくないし、なれもしない。そんな度胸はない。

次の問題は、ヤンキー先輩にどうしたら気に入ってもらえるかだ。
先輩に何か言われれば、とにかくいやがらずに素直に従った。
何か持ってこいと言われれば、予想を超える速さで喜んで取りにいった。
そもそも、いやがるから、逆に先輩たちはおもしろがって、もっとひどいことをやらせたりするのだ。

言われたことをやるだけでなく、先輩たちが何を望んでいるか、想像を働かせた。

率先しておもしろいことを言って、先輩を楽しませた。たいしたことを言ったわけではない。ちょっとしたことでいいんだ。先輩たちは、「おまえ、バカだな」なんて言って、笑ってくれた。

ヤンキーだって優しい心を持っている普通の人間なんだ。

僕は、本当の意味で、先輩たちからかわいがってもらうようになり、楽しい毎日を送ることができた。

そして名ばかりでも運動部に所属しているという事実により、自分に対する自信を少しずつ取り戻すようになった。


同時に、病気の制限がだんだんとれ、ヤンキー先輩も卒業していったのをきっかけに、僕は試しにバドミントンの練習を始めてみることにした。

そのとき仲の良かった友達とダブルスを組んで、二年の夏に行われた市大会に出場することにしたのだ。

すると、なんと、無名の僕らが準優勝をしてしまった。

ビックリした先生は、次の日僕のところへ飛んできた。

「もっと真剣に練習してみないか?」と熱く誘われた。


社会人になってから、仕事上で多くの先輩たちと出会った。いろいろ教えてもらったりして、たいへんお世話になっている。けっこう年上の方も多い。

そういう先輩たちに僕が物怖じせずにどんどん懐に入っていくようすを見て、周囲の人は不思議がる。

しかも僕は誰からも怒られることがない。たとえそれがすごく厳しい先輩だったとしても、だ。


なぜ、そうできるのか。

僕は自然にそうしているだけ。

いつの間にかコミュニケーション力が養われたとしか思えない。


ポイントは「いやがらない」「相手の予想を超える」「バカになる」の三つ。

自分が楽しく過ごすために考えたヤンキー先輩たちとの付き合い方が、僕の人生の強力な味方になっている。

これも、「病気がくれたもう一つのギフト」だった。

3　自分の意志を貫き通せ～ダンス漬けの毎日①

中学三年の秋だった。

僕は、ぼんやりと『天才・たけしの元気が出るテレビ!!』を見ていた。一九八五年から九六年まで毎週日曜日の夜八時から放送されていたビートたけしの超人気バラエティ番組だ。

番組の中に、制服姿の高校生がダンスを踊ってバトルする「ダンス甲子園」というコーナーがあった。二人組もあれば、何人かのグループも。

それを見たときの僕の気持ち。なんと表したらいいのだろう。

体の中を電流が走るとは、こういうことかもしれない。いや、心を撃ち抜かれたような気すらした。

男子も女子も関係なく、都会の高校生も、名も知らない地方の高校生も出ていた。セーラー服や学ランのまま踊る。

一九九三年頃、僕の周りにダンスというものはなかった。しゃべっているときはたいしたことない高校生が、音楽が始まり、踊り出すと、すべてが一変する。

めちゃくちゃカッコいい。足を開いて座ったかと思えばすぐ立ち上がって動き出す。皆の動きがばっちり揃っている。バク転もある。

周りで見ている女の子たちがキャーキャー騒いでいる。

心をわしづかみにされ、僕の進む道はこれだ！と即座に決めた。

友達は皆バンドに夢中だった。エレキギターを弾いたり、ドラムをたたいたりしていた。

誰もやってないダンスのほうが、女子にもてるんじゃないか。そんな気持ちがあったのも事実だ。

周囲の友達にダンスやらないか？と声をかけてみたが、そんなダサいことイヤだよと、あっさり断られた。悔しいけれど、それに対して何も言い返せない。自分はまだダンスのことを何も知らないのだった。

ただ、好きだという気持ちだけで、僕は動いていた。

サッカーよりもモテそうだという理由もあったけど。

どうやって練習をしたらいいかもわからず、ただ家で毎日録画したダンス甲子園のビデオを見ながら練習するだけだった。その姿を見ている親には、毎晩小言を言われた。どんなに反対されようとも、とにかくダンスをやりたいと思う気持ちだけは変わらなかった。なぜなら病気が治ったとき、自分が夢中になれることが見つかったら、全力でやると決めていたから。

高校生になると、ダンス熱はさらに高まった。

一九九〇年代は情報収集といえばテレビか雑誌だ。

名古屋のテレビ塔や若宮大通公園でダンサーたちが集まって練習をしているらしいと知り、ある週末、岐阜から電車を乗り継いで、一時間かけて行ってみた。

いくつものチームが、それぞれに音楽を鳴らして練習をしている。仲間同士で振付を確認したり、新しい動きを練習しているのか、個人個人で踊っていたり。

誰とも知り合いではない僕は、柱の陰からずっと見ているだけだった。

見ているだけでも楽しかった。

すごい！　カッコいい。

感心しながら、大音量で流れる音楽に合わせてオシャレなファッションに身を包み体を動かすダンサーたちに見とれていた。それだけで満足だった。

そんな週末が何回も続いた。

ただ見ているだけでは何も始まらないと気づいた。

いや、そう思いつつも、少し怖そうにも見えるダンサーの人たちに声をかける勇気がなかったのもたしかだ。

ある日のこと、意を決して、中でも一番優しそうに見えたお兄さんに声をかけた。

「あの～すみません、よかったら僕とダンスを踊ってください！」

僕は慌てた。緊張しすぎて言い間違えてしまったのだ。本当は「ダンスを教えてください」と言いたかったのに。

でも、そのお兄さんは笑いながら僕を受け入れてくれた。そしてその日、ラジカセの再生ボタンを押す係に任命してくれた。当時はみんなカセットテープで音楽を鳴らしていたのだ。

その係をやらせてもらえただけでもうれしくて、意気揚々と家に帰り、今日の出来事を振り返りながら、いつものダンス雑誌をぱらっとめくった僕はビックリした。

その日僕が声をかけたお兄さんが載っていたからだ。なんと各地のダンスコンテストで何度も優勝しているスーパー高校生ダンサーKENJIさんだったのだ。十年後、KENJIさんはフランスで行われるダンス世界一を決める大会「JUSTE DEBOUTジュストゥドゥブ」でPINOCCHIOピノキオというチームで見事優勝することになる。

今までたった一人、家で練習していた僕だが、やっとダンサーの端くれに加えてもらえた。

楽しい日々が始まった。

KENJIさんは時々イベントに僕を呼んでくれて、クラブにも行った。テレビや雑誌で見るような顔ぶれを紹介してくれた。

新しいダンス仲間が増えていった。出会った仲間たちとダンスチームを組んだ。なんと偶然にも、そのチームメイトにはKENJIさんチームの相方の弟がいた。

毎週末、名古屋に行き、仲間と踊る。平日は自分一人で練習する。

頭の中は、ダンスのことでいっぱいだった。

小学校時代、どこに行くにもサッカーボールを蹴っていたように、いつもダンスのことを考えて、道を歩きながら踊っていた。

高校二年の冬、その仲間たちとダンスコンテストに出ることになった。ダンスダイナマイトという毎年名古屋一を決めるコンテストだ。六十チームほどで予選を競い合って八チームが選ばれ、決勝戦はその年の夏に、大きなステージが用意されて行われる。今でも続いている名古屋で一番有名なダンスコンテストだ。

僕のチームはその予選を勝ち上がった。高校生が予選を勝ち抜いたのは初めてだった。そして、決勝戦ではなんと奇跡的に特別賞を受賞した。

その影響で、名古屋で一気に話題になり、さまざまなイベントにゲストで呼ばれるようになり、雑誌やテレビにも出演した。

その予選に出るときに、地元の友達を数人招いた。以前ダンスをやらないかと誘ったときに、「そんなダサいこと、やだよ」と断った友達だ。実はそれから約三年、僕はダンスをやっていることを隠していた。うまくなって驚かせたいと企んでいたからだ。

だから、僕のダンスを見て、そして特別賞に輝いたのを見て、ビックリしたのだろう。友達のダンスを見る目が変わったのがわかった。

僕に対する態度も変わった。

「ダンスを教えてくれ」と言う。

僕が地元の駅で開くダンスレッスンに、友達は毎回五百円を握りしめて通ってくるようになった。

三年前、僕をバカにして、否定していた友達が、毎週五百円払って、教えてほしいとやってくるんだ。
人生っておもしろい。心からそう思えた瞬間だった。

人の意見に惑わされて、自分の行動を変えなくてよかった。
結果次第で人の意見は変わることを知った。
この頃から少しずつ、自信が持てるようになった。

4　本気の趣味から人生を学ぶ～ダンス漬けの毎日②

高校を卒業した僕は、名古屋のファッション専門学校に二年通った。大学は行けないのはわかっていた。でも就職はしたくなかった僕は、毎日名古屋に行きたいのと、専門学校は楽しそうという二つの安易な理由で親に頭を下げた。今では申し訳ないと思っている。そして、そんな僕にも可能性を信じてお金を出してくれたことに感謝している。

親の願いとは裏腹に、僕はダンサーとして活躍する夢を叶えるために、専門学校時代もダンス三昧の日々を過ごしていた。ファッションの勉強はそっちのけで。

専門学校卒業後は、親不幸なことに、ファッションとは無縁のアルバイトを転々としていた。八百屋に始まり、プールの監視員、携帯電話ショップなど。ダンスの用事があればそちらを優先するわけだから、当然、収入もあまりない。そんなフリーター生活だった。ダンスで稼げる時代でもなかった。

ある時期、僕はリーダーとなって、ダンスチームを率いていたことがある。

コンテストに絶対優勝できるチームを目指していた。ダンスがうまい人だけをチームに入れ、ダンスがへたな人はチームから外す。そうしたチーム編成から選曲や振付けに至るまで、ほとんど一人でこなしていた。

コンテストの優勝だけを目指して、それに邁進していた。

ところが、あるイベントに遊びにいったときのこと。

ダンスのショーを見ていたら、ステージ上で、僕のチームメンバーたちが、僕以外のメンバーで楽しそうに踊っているではないか。しかも、まったく聞き覚えがないチーム名で。

僕は言葉を失った。足が硬直した。

そのダンスを見ていられず、なんとか足を動かして、その場から離れた。

意味がわからない。

なぜ僕がそこにいないのか。

チームのメンバーは、なぜ僕に内緒でこんなことをしているのか。


いや、わかる。

自分のこれまでの行動を振り返れば、その理由はすぐに理解できた。

自分だけが正しいと思い込み、コンテスト優勝にチームを導けるのは自分しかいないと決めてかかり、僕の独断でメンバーを選別した。人の気持ちはまったく考えず。

チームのメンバーは、そんな僕から無言で離れていったんだ。


人を傷つけているという意識はなかったが、無意識に傷つけていた。

今まで人にしていたことすべてが、自分に返ってきたのだ。


悲しかった。ただただ悲しかった。僕は自分の愚かさをやっと悟った。

人間関係でこんなに落ち込んだのは初めてだった。

ちょうどその頃、TRFのバックダンサーのオーディションの話が舞い込んだ。TRFといえば、当時の小室ブームとともに、全国区で活躍していたダンス&ヴォーカルグループ。受かる自信はなかったが、ダメ元で受けてみようと一時上京した。気分転換にもなるかなという思いもあった。

オーディションには、なんと全国から二千名以上のダンサーが参加していた。

なぜだかわからないが、奇跡的に僕は合格することができた。

何かの間違いかな。いや、きっと全力で楽しんだことが良かったのだろう。

すぐにバックダンサーとしての仕事の連絡がきた。

ある大きなイベントの前夜祭で行うライブの仕事だ。それに出なければ今後の仕事はないという。それなのに、ライブの日程と、地元ダンサーの友人の結婚式とが重なってしまった。しかも僕が名古屋にいた頃、コンテストで勝つためにチームから外したメンバー。

僕は迷った。

つい先日、その友人を大切にしなかったために報いを受けたばかりだ。
また友人を裏切ったらと思うと、すぐにはダンスを選ぶことができなかった。

僕は友人に電話をして、仕事を断ろうと思うと伝えた。
「お前なんか、元々結婚式に呼んでないから、来なくていいよ！
そんなことより、ライブ頑張れよ！」
友人はそれだけ言って、電話を切った。
長い付き合いだから、僕にはすぐにわかった。
彼はわざとそんなふうに言ったのだ。

かつて、僕は彼にひどいことしてしまったのに。
涙が出るほど嬉しかった。

そのお陰で迷うことなく、バックダンサーとしての仕事を受けようと決心できた。

ライブで多くの観客の前で踊ると、それがバックダンサーだとしても、夢に大きく近づいたような気がした。その模様がテレビ放送され、僕も後ろのほうで映っていた。

親にも少し自慢できるようになって、久しぶりに実家に帰った。

母親が親戚のおばさんと電話する声が、リビングから聞こえてきた。途切れ途切れに聞こえてくる話の内容は、何かを自慢しているようだった。

耳を澄ますと、なんと僕がバックダンサーをやってテレビに出たことを、母親が自慢していたのだ。

大反対していたダンスのことを誇らしげに語っていた。

やっと自分を認めてもらえたと思った。

周りの目はやさしくなったように感じ、それに助けられるように、僕も自信をつけていった。

とはいえ、バックダンサーとして稼ぎのあるのは仕事に呼ばれた日だけだ。生活はいっこうに楽にはならない。

それどころか、アルバイトを不定期に休むことになり、ますます生活は苦しくなった。

人から否定されたら、それを自分のエネルギーに変えればいい。
一時的な他人の否定や批判をおそれることはないのだ。
ダンスをやりながら、大切なことを学んでいった。

5　物事を成し遂げるとき、手段は選べ

何かを成し遂げるための方法を、僕はとことん考える。

その「何か」が他人から見たらたいしたことではなくても、僕が絶対に手に入れたいと思ったことは、考え抜いて、手に入れてきた。


一九九五年十一月、日本でバレーボールのワールドカップが行われた。僕が高校二年のときで、学校でも同級生たちとバレーボールの話題で盛り上がっていた。

まあ、年頃の男子の話題といえば、あの選手がかわいいとか、ファンだとか、そんな話なのだが。


僕は佐伯美香選手推しだった。

日本は、結局は十二か国中、五位に終わったのだが、佐伯選手の鉄壁の守りともいう

べきレシーブは、大いに試合を沸かせ、身長もそれほど高くないのに、時にスパイクで点を奪うという、今思い出しても、つい熱く語ってしまうほどの活躍ぶりだった。

ユニチカという実業団チームに所属していて、ワールドカップの翌年、岐阜の体育館で行われたVリーグの試合には、迷わず応援にいった。


やっぱり、カッコいい。かわいい。手紙でいいから繋がりたい。

しかし、国民的ヒロインの佐伯選手に手紙が届くだろうか。毎日トラック三杯にもなる量の手紙が全国から届いているとテレビでやっていたので、僕の手紙が運よく佐伯選手の目に留まるなんてことは、確率0％と思われた。


どうしたら、佐伯選手に手紙を読んでもらえるだろうか。


僕は、佐伯選手と仲良しでいつも一緒にいる補欠の選手に、ファンレターを送った。

すると！　返事が来たのだ。

その補欠の選手からだが。

僕は返事を書き、また手紙がきてと、三回ほど手紙のやりとりをした。
自己紹介もした。
僕はダンスに夢中だと語り、そのダンスのビデオを送ったこともある。

そして、ついに
「そういえば、佐伯選手もすごいですね。
もしよければ、この応援のメッセージを佐伯選手に渡してください」
と、佐伯選手宛ての手紙を同封して送ったのだ。

数日後、なんと本人から返事が届いた！
学校で同級生に見せ、めちゃくちゃ盛り上がったのは、言うまでもない。
もちろん、それまでの経緯は誰にも話していない。

当時は、お目当ての選手から手紙が届いたことに、「やった！　諦めずに考えれば、道は拓けるんだ」と思った。

だが、その後、いろいろな場面に遭遇して、いろいろな人の力を借りて生きてきた。
今の僕は、いい気になっていた当時の自分を恥ずかしく感じている。

自分に関わるすべての人に誠実な対応をしていただろうか。
自分の目的を果たすだけのために、人の善意を利用したのではないか。
実は笑って語れない、僕の過去の一つだ。

6　一杯のカレーライス　前編

ＴＲＦのバックダンサーの経験をきっかけに、僕は二十一歳で本格的に上京する。自分の可能性だけを信じて。

ただそのときの僕は、貯金といえるほどのお金はなく、もちろん人脈もない。たまたま新宿に住んでいた岐阜の幼馴染みのワンルームマンションに居候。そしてその後、同じように名古屋から上京してきた仲間と三人で、ワンルームマンションを借りて住んでいた。一袋十七円のもやしで食いつなぐような日々だった。

それでも、夢にまでみた東京での生活だ。どんなに貧乏でもめげることはなかった。自分は将来ダンサーとして成功するんだから、今はこの貧乏を楽しんでおこう、そのくらいの気持ちだった。

夢は絶対に叶うと信じていた。

その後、ダンサーとしてやっていく現実の厳しさを知ることとなった僕は、さらに生活に困窮するようになった。

家賃は滞納するし、食事はデパ地下の試食だけ。電車賃もなくなった。

貧乏を楽しんでいるという時期は過ぎ、このまま続けていけるのだろうかという不安が広がるようになっていた。

当時付き合っていた彼女が、岐阜から久しぶりに会いにきてくれた。

せっかく東京まで来てくれたのだから、どこかおいしいレストランに連れていきたかった。

でも、僕が手に握りしめていたのは四百円だけ。小銭をかき集めてやっとこれだけ見つけたのだった。

二人で肩を並べて歩きながら、僕の目は四百円で食事のできる店を探していた。

通りに、吉野家とココイチ（カレーハウス CoCo 壱番屋）が並んでいた。

牛丼かカレーか。彼女はどっちが好きだろうか。僕はカレーを選んだ。

四百円で頼めるのはポークカレー（当時三百八十円）一杯のみだ。

彼女におごらせるのは、僕のプライドが許さなかった。


小さいプライドだったけれど、当時はそれを守ることに必死だった。


彼女は僕の気持ちを汲み取ってくれて、そんな貧乏デートでも顔色一つ変えず、楽しそうな表情を見せてくれた。

「ポークカレーを一杯ください。二人で分けて食べます……」

僕は恥ずかしくて、店員さんと目を合わせることもできない。それだけですか？ という表情をされたらどうしよう。

「はい、ポークカレーですね。取り皿もお持ちしますね。少々お待ちください」

そんな心配をよそに、アルバイトの店員さんはやさしく素敵な笑顔で応対してくれた。

僕の心には安堵感が広がった。本当に心温まる接客だった。たくさん注文したお客様への応対と、まったく変わらない、もしくはそれ以上だと感じた。

お店にはまったく利益をもたらさない客なのに。

二人で一杯のカレーライスを分けて食べたので、お腹はいっぱいにはならなかったけれど、なんだか胸はいっぱいになった。

この店員さんへの感謝と感動を、ココイチの上司の人にぜひ伝えたいと思った。カレーを食べ終わった後、テーブルの端に置いてあるアンケートハガキを一枚取り出した。温かい接客のようすを詳しく書き、さらに自分がどう感じたかを書いていたら止まらなくなり、店員さんのことだけでなく、僕の自己紹介から夢まで、紙が真っ黒になるくらいビッシリ書いてしまった。

その店員さんが褒められるといいな、という程度の気持ちだったのだが。

それから一か月ほどして、郵便受けに見慣れない封筒が送られてきた。

その封筒には、カレーハウス CoCo 壱番屋と書いてある。

なんだろう？

その頃は、一日一日を生きるのに必死で、彼女とココイチに入ったこともすっかり忘れていたのだ。

封筒から出てきたのは、なんと社長の宗次徳二さん（ココイチ創業者）からの直筆の手紙だった。

僕が書いたアンケートハガキを読んでくれて、その感想の手紙だったのだ。

―お客様のハガキを読み、胸が熱くなりました。自分も貧乏をしていた時代があるので、お客様の気持ちはよくわかります―

便箋にびっしりと書いてくれていた手紙の最後は，こう締めくくられていた。

―夢を諦めないでください。くじけそうになったらまたココイチに来てください。いつでも温かいカレーを作ってお待ちしております―

決まりきった定型文の手紙ではなく、僕だけに宛てられた手紙だった。日本全国に、百や二百じゃきかないくらいの店があり、たくさんのハガキが寄せられているはずなのに。

そして、さらにビックリしたのは、その封筒の中に三千円の食事券が入っていたことだった。

意味がわからなかった。

三百八十円しか使ってない、顔も見たことのない、利益にはまったく寄与しない客に対して、直筆の手紙と三千円の食事券をプレゼントする？

でも、社長が僕だけに宛てて手紙をくれたのは、とても嬉しかった。

胸にズーンと響くものがあった。

それ以来、僕はココイチが大好きになった。ファンになったと言ったほうが正しいかもしれない。

食事券も大切に、大切に使い、カレーを何杯も食べた。

今なら、このとき宗次さんが伝えたかったことの意味はよくわかる。

その後、起業した自分は、お客様とのつながりという点でも、学ぶことの多い出来事だった。


宗次さんの手紙が僕の心をつかんだのは、ココイチの客を増やそうという、ビジネスだけを考えたものではなかったから。

宗次さんの、心から若者を応援したいと思う気持ちが伝わってきて心を揺さぶられたのだ。


ところで、ココイチの話は、これだけでは終わらなかったところがすごい。

今後の僕の人生に、再び宗次さんが登場するのだ。

「一杯のカレーライス　後編」（101ページ）に続く。

7　全国二位でも失敗ばかり

上京して、生活のためにアルバイトをしていた。

僕は当時ドレッドヘアや金髪だったので、レストランや居酒屋でのアルバイトはＮＧだ。アルバイトの場所はいつも限られていた。

髪型が自由な仕事、顔の見えない仕事といえばテレアポ。お客様に電話して、商品の購入やサービスの利用を進める仕事、テレフォンアポインターだ。

しかも、シフトを決める際に個人的な都合を考慮してもらえたので、時間の融通がきくこの仕事は、ダンスの予定を優先させたい僕にはぴったりだった。

コールセンターに行くと、お客様のリストを渡される。

接客マニュアルがあって、それに沿って話を進めていく。

この仕事は、お客様との契約が多く取れれば、それだけ時給は上がる。なるべくダンスに時間を割きたい僕は、短い時間で、より多くのお客様を獲得したかった。

テレアポの仕事の最初のネックは、電話をかけても、すぐにブチッと切られてしまうことだ。

まずは、電話を切られずに、話を聞いてもらうこと。どうしたら、こちらの用件を話すところまでたどり着けるか。

ここでも僕は考えた。声のトーンを変えたり、話すスピードを変えてみたり、お客様が目の前にいるつもりになって笑顔で話してみたり。

さまざまな工夫をしているうちに、少しずつ話を聞いてもらえるようになり、気がついたら、なんとその会社全体で二位の実績を上げるまでになっていた。ちなみに、その会社は大手通信会社で全国に支店があり、僕は全国にいるアポインター二千人の中で二位となったのだ。

「変な髪型の男が毎月いい成績を上げてるぞ」と、社内で有名になったらしい。

僕の仕事ぶりを見にきて、独自で作ったマニュアルがあると知ると、それを全国の支店に配布して使うことにもなった。なんと、その部署を取りまとめている部長は、僕がダンスを始めるきっかけになった、あの「ダンス甲子園」に出ていた人だったということをのちに知ることとなる。


テレアポという仕事は、実際やってみると、精神的にとてもつらい。電話をガチャッと切られることがほとんどだ。

切られたら、次のリストに電話する。また切られる。

全国二位の実績を出しても、切られることのほうが圧倒的に多い。

あの手この手を考えだして頑張れたのも、大きな目標、大きな夢があったからだ。

見た目ではなく結果を評価してもらえるテレアポの仕事は、僕の自信となった。

8　人生を変えた二つのアドバイス

上京し、ダンサーとして活躍したいと頑張っていたが、すでに経済的にも精神的にも限界だった。

ダンス業界には、僕がどんなに頑張っても追いつけないような達人や、コネクションを持った人がたくさんいる。そんな人を大勢目の当たりにして自分が活躍するイメージを持てなくなりつつあった。

今日明日を生きることに精一杯で、ダンスの夢など語る余裕もなくなっていた。とはいえ、ダンスにかけた青春に終止符を打って岐阜に帰るのは、もっとイヤだった。

僕の困窮状態に気づいていたのか、地元の友達が電話をかけてきた。僕を優しさで結婚式に呼んでくれなかったあの地元ダンサーの友人だ。

「スゴイ人に会わせてあげるから、ちょっと名古屋に帰ってきなよ」

と言う。

僕はすぐさま断った。

誰かに会えるような精神状態ではなかったし、スゴイ人と言われてもそんな成功者には興味がなかった。そして名古屋に帰るお金すらなかった。

ところがその友人は、何度も何度も電話をかけてきて、誘ってくれた。

僕は根負けするような形で、名古屋に向かった。


真夏の真っ只中、その「スゴイ人」に一緒に会いに行った。

その人は、短パンにビーサン、そしてヨレヨレのTシャツという姿だった。日に焼けて真っ黒だった。

僕は心の中で正直「え?・?・?」と思った。

「スゴイ人」というから、スーツをビシッときめて、ベンツにでも乗ってくるかと思っていたからだ。

話を聞くうちに、いろいろな会社を経営している社長だということがわかった。

それだけでなく、サーファーとしてもプロ並みの腕前で、好きなときに好きなだけ海外に行っているという。

しかも、若い頃は暴走族をしていて、最終学歴（と言っていいのかわからないが）は少年院だという（笑）。


僕は度肝を抜かれた。

と同時に、一気にその人に興味が湧いた。

そしてなぜか、この人なら僕の人生を理解してくれるのではないかと感じた。挫折寸前の、ぎりぎりの状態にいる僕の話を聞いて、アドバイスをくれるのではないかと。

僕は、これまでのことをそのサーファー社長にすべて語ったうえで、質問してみた。

「成功するために、僕は何をすればいいのでしょうか。教えてください」

サーファー社長は僕に二つのアドバイスをしてくれた。

「嘘をつくな」

「人の悪口を言うな」


この二つを聞いたとき、これがアドバイス？ と、ちょっとがっかりした。

誰でもわかっていることだ。

子供の頃から、親や学校の先生に言われていたことだ。

こんなことで成功できるわけがない。

でもサーファー社長は、

「まず三年、この二つだけをやってみろ。そうしたら、必ず人生が変わるぞ」

と言い切った。

「嘘をつくな」には、人につく嘘だけでなく、自分につく嘘も含まれているという。いや、
そのほうが重要らしい。

自分につく嘘。

そういえば、自分を正当化するために、怠けた自分を見たくないために、周囲によく思われたいために、本当はもうだめだとわかっているのに認めたくないために……自分に嘘をついている。

たしかに、僕は僕自身に嘘をついていると認めざるをえない。

人の悪口を言っていたかな？

思い返すと、自分を上に見せたくて、他人を貶めるために悪口を言っていたことに気づく。だから逆に悪口を言われてしまうことも、苦い経験から学んだ。

自分を甘やかし、自分をごまかして、自分を守ってきた。

「嘘をつくな」と「人の悪口を言うな」は、つまりは自分と真正面から向き合って、自分に正直になれ、ということなのか。

サーファー社長は、初めて会った十歳も年下の僕に、二時間も真剣に話をしてくれた。得になることは一つもないはずなのに。

僕は大きな愛情を感じた。単なるお金稼ぎの方法ではなく、本当の意味で人生を豊かにするためのアドバイスだった。

だからこそ、この二つのことを素直に実践しようと思えた。

そのときのアドバイスは、その後の僕の人生を大きく変えた。

こうした出会いは、本当に貴重な財産だ。

その後も、多くの出会いがあり、僕の財産は膨らんでいった。

その財産を、今度は後輩たちに分け与えなくてはいけないと感じている。

9　いつかこんな大人になりたい

「嘘をつくな」

そのアドバイスは、僕の心に響いた。自分に問いかけてみた。

本当は、この貧乏生活に疲れ果てているのではないか。

本当は、違う人生を歩みたいが、ダンスを諦めるのも怖いと思っているのではないか。

自分の胸に手を当てて問いかけると、多くの嘘で自分をごまかしていたことに気づいた。

そして、人生の舵を切るなら、サーファー社長と知り合った今だ、サーファー社長のもとで働きたいと思った。

二時間、話を聞いている間に、こういう人になってみたいと憧れた。

話は正直うまくないけど、話す内容が深くておもしろい。

カッコつけてないのが逆に自然体でカッコよかった。

僕みたいな者へも真摯に接してくれる。

多くの仲間に囲まれている。

本業の仕事はきっちりこなしつつ、趣味のサーフィンの腕前もすごい。

信念、生き方、すべてがカッコよかった。


僕はダンスをやめる決意をし、サーファー社長のもとで働かせてくださいと頭を下げた。そこでもサーファー社長は予想外の言葉を発した。

「ダンスはやめなくていい。ダンスは君の魅力だから。ダンスをやめるならうちの仕事はしなくていい。でも、もし仕事したいならダンスのやり方を少し変えてみたら？」

そして、僕はサーファー社長のもとで一人の営業マンとして働くことになった。


決断したものの、今度はダンスの夢を諦めてしまうことにも少しモヤモヤしていた。

この決断が本当に正しかったか心の中に不安が残る。この不安を打ち消すには、この営業で結果を出す以外ない。

結果を出せば、サーファー社長みたいに自由にダンスができる。
そうしたら好きなときに好きなだけ踊れる。
そんなライフスタイルを手に入れようと決めた。

東京の住まいを引き払って帰郷し、ダンスを一旦やめることを、親や友人たちに伝えた。

すると、友人たちが反対した。

「なんでやめるんだ。もう少し頑張ったらどうだ」

今度はやめることをやめろと言う人もいた。

僕がダンスを始めたときは、何やってんだ？ と冷ややかに見ていた友達が、だ。人間って不思議な生き物だ。

父親も反対してきた。

「お前の夢はそんなもんだったのか。こんな中途半端な状態でやめていいのか。仕事するならちゃんとした会社に入れ」

少し厳しい言葉で意見してきた。

それでも僕の決意が揺るがないようすを見て、父は言った。

「俺が意見したのは、お前の本気度を確認したかっただけだ。お前の気持ちはよくわかった。これでスーツでも買いなさい」

そして、十万円の入った封筒をサッと差し出した。

僕の反応を見る前から、封筒にお金を準備してくれていた。

父は、そうやっていつも僕を見守って信じていてくれたんだ。

心の底から、次の仕事を頑張ろうと思った。

そして、いつかこんな父親になりたいと思った。

Phase 2

出会いに感謝。走りながら考えた

10　見栄とプライドにお金を振りまいた

僕は長かった髪の毛を切って黒く染めた。

父にもらった十万円でスーツを買い、本格的に営業という仕事についた。

大好きなダンスでの夢を捨ててまで進む次の道なのだから、絶対に成功するぞ、稼ぐぞという意気込みだけは人一倍あった。

過去にはテレアポで全国二位の成績を残せたし、自分は営業職に向いているのではないか、という楽観的な部分もあった。


けれども、世の中はそんなに甘くなかった。

もちろん、最初から順風満帆とまでは思っていないが、想像以上にうまくいかない。

成果のまったく出ない日が何か月も続いた。家に帰って、悔しくて泣いた。すべてがイヤになって、夜中、スーツのまま道端で仰向けになり、何分も寝転んで空を見上げたこともあった。

いつかあの夜空に輝く星みたいになるんだ！

一杯のカレーライスを共に食べてくれた彼女にもフラれて、気持ちはただ暗くなる一方だった。

彼女は、営業の結果が出せなくて落ち込む僕の無惨な姿と、まったく優しくできない僕の態度に耐えられなくなったんだと思う。ダンサーのときは、貧乏であっても、夢に向かって邁進していた。営業で成果を出せない僕は、まったく魅力のない男になっていたのだろう。

そんなある日、サーファー社長の会社のトップ営業マンと会う機会があった。

体がデカく、声もデカイ。勢いも半端ない。話を聞けば、高校生のときに全国大会に出場している花園ラガーマンだという。僕はそのラガーマン先輩の仕事ぶりを間近で見せてもらうことになる。

ラガーマン先輩は、コミュニケーション能力、プレゼン能力がズバ抜けていて、人との付き合い方が実に見事な営業マンだった。

僕はそれらをどんどん吸収し、真似したくて、毎日のように会いにいって行動を共にした。

中学生の時、毎週のように岐阜から名古屋へ出ていき、ダンサーの人を追っかけていたあの頃みたいな感覚だった。


とにかく楽しかった。

時代の追い風もあったかもしれない。

ラガーマン先輩にフォローしてもらっていたこともある。

次第に契約を取れるようになり、営業成績が目に見える形で現れてきた。

完全歩合制の給料だったから、成績に伴い給料は上がり続け、一年ほど経ったときには、月に百万、時には月に二百万を稼ぐ営業マンになっていた。

二十六歳のときである。

楽しいときほどやっぱりうまくいく。

「何をやるか」より「誰とやるか」が大事だと感じた。


少しあった借金も全額返済した。数年前は二人で一杯のカレーライスしか頼めなかったのに、今では一人で一杯どころかどれだけでもトッピングできる。それまでの貧乏生活なんかおさらばだ。

ＢＭＷを買った。初めて買った高級車に胸が踊った。

一人暮らしも始め、名古屋で３ＬＤＫの広いマンションを借りた。

初めて行ったバリ島に感動し、海外旅行にも行きまくった。

そのうちＢＭＷでは飽き足らなくなり、ベンツを短期間で二台も乗りかえた。


自分の力で勝ちえた成功だ。何にお金を使おうと自由だ。

毎日後輩を引き連れて、飲みにいき、遊び回った。

自信満々の毎日だった。

こんな生活が一生続くと思っていた。

自分一人の力だと勘違いしていた。

人とお金の大切さもわかっていなかった。

僕は周りの人を見返すかのように、自分の挫折を取り返すかのように、見栄とプライドにお金を使いまくっていた。


この頃の自分を振り返ると、恥ずかしくなる。

11　神対応～こんな嘘ならついてもいいんだ

僕が営業のノウハウを教えてもらったラガーマン先輩のすばらしさを伝えることができるエピソードがある。

僕はラガーマン先輩にお客様を引き合わせる段取りをしていた。

ある場所で僕がお客様に会い、ラガーマン先輩の待つ喫茶店へ移動する予定だった。

ところが、そのお客様が待ち合わせの時間になっても姿を現さず、電話にも出てくれない。ドタキャンだ。

僕は慌てた。自分だけならともかく、ラガーマン先輩に迷惑をかけてしまう。

すぐさまラガーマン先輩に、謝罪の電話をした。

すると、こう返事が返ってきたのだ。

「おー！　ドタキャンしてくれてありがとう！

ちょうど読みたい本があったからマジで感謝だわ！

お客様ともし連絡がついたら、こちらも都合が悪くなったので、逆に助かりましたと伝えておいて！」


読みたい本があったなんて、それが嘘なことぐらい、僕にでもわかった。

そんな嘘をついてまで、人を責めない生き方をするラガーマン先輩の、まさに神対応。これがトップ営業マンのスキルなのか。


しかも、間に挟まれて困っている僕のことまで気遣ってくれる。

「お前も今日はもうこっちに来るなよ～。オレ、本読めなくなっちゃうから！」

と笑って言ってくれて、僕はほっとしたとともに、もっと頑張ろうと心から熱い気持ちになった。

普通なら、僕の段取り下手を怒られてもおかしくない状況である。

そして僕もドタキャンしたお客様に腹が立ってしまうような状況で、すべてをひっくり返す切り返しができる。

この器のデカさがラガーマン先輩のコミュニケーション能力、人との接し方だ。

僕がこの人に一生ついていきたいと思った瞬間だった。


後日、このお客様とは無事に気持ちよく会うことができ、ラガーマン先輩にもちゃんと引き合わせて、契約に繋がったことは言うまでもない。


こんな嘘ならついてもいいんだ。

人を責めない、敵をつくらない、幸せな生き方を学んだ。

ラガーマン先輩とはもちろん今でも繋がっている。

ハッピーを振りまく名古屋で有名なからあげ屋さんとなっている。

12 一番やりたくない仕事に就け

ダンサーの夢を諦めて、営業という仕事に挑んだ。

社長にも先輩にも恵まれ、時流にも乗ってつかんだ、夢の月給百万円の生活。

今なら、社長や先輩や時流のおかげと言えるが、当時は、自分の力で勝ち取ったと思い込んでいた。

贅沢な生活に酔いしれていた。

外車を買い替え、後輩を引き連れて飲み歩く。

「ついに頂点を極めたぜ。見てみろ！」と、豪勢な生活を自慢していた。

しかし、仕事は期間限定のものが多くを占めていて、その期間が終わるとともに、収入はぱったりと少なくなった。カードをばんばん使ってブランド品を買っていたので、二か月ほど遅れて請求がきたときには、通帳にはわずかしかなかった。

気が大きくなって投資にも手を出していたから、収入の激減とともに、あっという間に借金が増えていった。雪だるま式とはこのことかと思った。

二十八歳にして、千二百万円の借金ができた。

宝くじで高額当選すると不幸になるというような話を聞いたことがあるが、まさにそれと同じだ。まさか自分にそんなことが降りかかろうとは。

これまで、いろいろな苦難を乗り越えてきたから、どうにかなるだろうと思い込もうとしたが、これはさすがにヤバいな、桁が違うなと心配になってきた。

自分一人ではどうにも解決できなくなり、久しぶりにサーファー社長のところへ行った。

起きた出来事を正直にすべて話した。二つのアドバイスをくれた人に嘘はつけない。

「実は、借金もたくさんできました。どうしたらいいのでしょうか」

するとサーファー社長は、

「そうなると思ったよ」

と大笑いするではないか。僕はちょっとムッとした。

「そうなるとわかっていたら、途中で止めてくださいよ。教えておいてくれればいいのに」

ところが、サーファー社長は真顔になって、

「それを先に言ったら、おもしろくないじゃないか。せっかく成長できるチャンスなのに、そこで教えたらお前のためにならん」

と言う。そして、こう続けた。

「ここまでは誰でも来れる。これからが運命の分かれ道だ。ここから這い上がれたら、お前は本物になれるよ」

この言葉は、僕の心に火をつけた。

よし、這い上がるぞと奮い立った。

しかし、いかんせん、どうやって這い上がったらいいのかわからない。

サーファー社長は、またもや人生を変えるアドバイスを僕に与えてくれた。

「ここから這い上がりたいなら、君の思いつく仕事の中で一番イヤなことから始めなさい！」

そして僕にアルバイト情報誌を一冊手渡した。

アルバイト情報誌には、さまざまな求人が掲載されている。これまで、アルバイトを探すときは、まず時給（高いほうがいいに決まっている）、時間帯（自分の生活に合わせたい）、そして、時給のわりに楽な仕事（これは大事だ。楽がいいに決まっている）が基準だった。

それなのに、一番イヤな仕事をしろと、サーファー社長は言う。

僕自身の力では、この状況を打破できないことはわかっていた。サーファー社長の言うとおりにすれば、きっと道は拓けるだろうという確信はあった。

でも、一番イヤな仕事をする勇気がなかった。

二週間が過ぎた。気持ちを固めるまで、二週間かかったのだ。

やりたくない仕事の中から、断トツにイヤな仕事を選んだ。その会社に、手を震わせながら電話した。

不用品回収の仕事だった。わかりやすく言えばゴミ回収屋さん。

面接は簡単に受かった。そもそも、働きたい人が少ない職種だ。受ければ誰でも採用されただろう。

さっそく、次の日の早朝から、仕事は始まった。

作業着に軍手をはめ、軽トラックに乗り込み、町中をゆっくり走る。軽トラックのスピーカーからはお決まりのアナウンスが流れる。

―こちらは不用品回収車です。ご家庭で不用になりました、テレビ、エアコン、冷蔵庫、洗濯機、電化製品や、自転車、バイクなど、どんなものでも回収いたします。お気軽にお声をおかけください——

ついこの間まで、ベンツに乗っていたのに。ブランド品で身を固め、後輩を引き連れて朝まで遊んでいたのに。

今はこんな軽トラックに乗って、作業着姿で、不用品回収をしている。

恥ずかしかった。惨めだった。早くやめたかった。

誰よりも頑張って、サーファー社長に認めてもらい、この仕事から脱出しようと思った。

その仕事を始めて一週間くらいたった頃、軽トラックで信号待ちをしていた僕はふと外を見た。

ビルのガラス窓に汚い軽トラが映っていた。

薄汚れた作業着に、頭にはタオルを巻いた自分の姿が見えた。

一瞬目を覆いたくなったが、もう一度しっかり見てみた。

「これが本当の自分の姿か」

胸のつかえがとれたような気がして、何だかホッとした。

と同時に、それまでの僕は、見栄とプライドという偽りの鎧で身を固めていたことに気づいた。その鎧がすべてはがれて落ちていくのを感じた。


不用品回収の仕事は、お客様に声をかけられたら頭を下げ、作業着を汚し、汗をかきながら、不用品を回収する。お客様から代金を直接手で受け取る。お客様から「ありがとう」と言われる。その繰り返しだ。

その毎日の繰り返しの中で、僕は自分の心がどんどん洗われていくのを感じた。


本当の意味での人とお金のありがたみを知った。

勇気を振り絞って一番イヤな仕事を始めたことで、自分を直視することができた。

そして、道は拓けた。今では、最高の仕事だと、心から思っている。

13　売るものがなければ自分を売れ

そうはいっても、不用品回収の仕事を早くやめたい気持ちに変わりはなかった。これは僕が目指す仕事ではないと思っていたから。

でも相変わらず多額の借金を背負った身。借金返済のために頑張らなければ。そしてある程度の実績を出せば、サーファー社長も認めてくれるだろうと思った僕は、どうしたら早く実績を出せるのか、考えた。

ただ漫然と軽トラックを走らせていても、お客様を獲得できないだろう。となれば、できるだけ多くのお宅を訪ねるしかない。

休みもとらずに軽トラックに乗り込み、回収のアナウンスを流しながら走り回った。毎日、五百軒の呼び鈴を鳴らした。雨の日も風の日も、そして雪の日も。

ピンポンしても、留守にしている家は多いし、居留守を決め込む家もある。インターホン越しに「間に合ってます」とだけ、話も聞いてくれない家がほとんどだ。テレアポのときと似てるなと苦笑しながら、次の家の呼び鈴を押す。

僕は、これまでの仕事（テレアポやその後の営業）から、人に商品を売るとき、まずは自分を語って相手の信頼を得ることが大切だと感じていた。

最初から、売りたい商品の話をしたら、それ以上の進展はない。

「この布団を持っていって」と言われて、「はい、わかりました」と布団を受け取って代金を支払えば、それっきりで終わってしまう。

だから、ドアを開けてくれた方に、

「お時間あれば、ちょっとお話させてもらってもいいですか？」

と名刺を渡しながら、まず自己紹介をする。

「実は、僕は五年前までＴＲＦのバックダンサーしていたんです」

「あら、ダンサーしていたのに、なんで今はこんな仕事をしてるの？」

「それがダンサーの夢破れて、しかも二年前に人生を大きく踏み外して、今もう一回ゼロから人生を立て直しているところなんです」

と会話が続く。


普段家にいる主婦の方が多かったので、親身に話を聞いてくれる人もいて、お茶まで出してくれて、さらに応援をしてくれる人もいた。

「他にまだ持っていってほしいものがあるわ」

「他の人を紹介するわ」

そうやって、お客様が広がっていった。


正直にカッコつけずに自分を語って相手の信頼を得ることが大切。

僕という人間をわかってもらって、お客様も僕を信頼してくれるようになった。

売るものがなければ自分を売ろう。

14　このチャンスを逃す手はない

一か月経ち、僕の成績を見て、不用品回収会社の社長が認めてくれたのか、いろいろなノウハウを教えてくれるようになった。

僕自身もお客様に声掛けをするコツが少しずつ飲みこめてきたせいか、二か月で営業成績トップになり、給料もだんだん増えてきた。ここで舞い上がってはいけない。以前の自分を反面教師にして、コツコツ地道に仕事を続けた。

その業界ではやる気のある人が少なかったのだろう。不用品回収会社の社長にも気に入られ、一つの部署を任され、いい給料をもらうようになった。

三か月後、サーファー社長にこれまでの経緯を報告に行った。

「以前、社長に一番イヤなことをやれと言われて、素直にそのアドバイスに従ったら、今いい感じで仕事ができています。これで僕も一からやり直せそうです」

給料も上がって……と僕は話を続けるが、サーファー社長はなぜか難しい顔で何か考え込んでいる。そして一言。

「お前、その会社、すぐやめろ」

「え、何でですか？　やっと、僕も腰を据えて仕事に取り組んで、借金も返す見通しがなんとかつきそうなのに」

サーファー社長に褒めてもらえると思ったのに、なぜそんなことを言うんだろう。

「お前、わかってるのか？　めちゃめちゃラッキーなクジを引いたんだぞ。俺はいろんな仕事を見てきたけど、そのリサイクル業界はこれから大化けするぞ。そんないい仕事をずっと人の下でやっていたらもったいない。しかも今の社長に気に入られて、仕事のノウハウを教えてもらってるんだろ？　今すぐやめる準備をして、独立しろ。自分でやれ」

僕は即座に「イヤです」と答えた。

起業するなら、おしゃれなカフェとかをやりたいと思っていた。僕の夢は不用品回収じゃない。そんなことをぐちぐち言ったら、サーファー社長はこう言った。

「カフェなんていつでもできる。今このチャンスを逃す手はないぞ」

全幅の信頼を置いているサーファー社長の言葉だ。カフェの夢は先に取っておくことにして、サーファー社長の言葉に従うことにしてみた。


不用品回収会社の社長に、僕は独立したいと伝えた。もちろんサーファー社長のアドバイスどおり、すぐにやめるような不義理はせず、その後三か月間、それまで以上に働いて、後任も数人紹介して、仕事を教えてくれた恩に報いることはできたと思う。結局半年勤めたことになる。


一番イヤだと思っていた仕事が、今も僕の人生を支えてくれている。

不用品回収業者となって、見栄とプライドという偽りの鎧を脱ぎ捨てたと思っていた。起業するならおしゃれなカフェだなんて、まだ見栄とプライドを完全に捨てきれていなかったのだ。

15　幸せを運んでくるハッピーセット

不用品回収会社を円満退社して、僕は独立した。二十九歳だった。

独立といっても、一人ですべてを行う個人事業主というやつだ。

もう誰も僕に給料を払ってくれない。その代わり、頑張って自分で稼いだ分は、自分のものになる。何があってもすべて自分の責任になる。

僕は軽トラックを買い、小さな倉庫を借りて、持ち前の頑張りで、こつこつと毎日できるだけ多くの家を訪問し、顧客を増やし、不用品を回収しまくった。

まだ会社を興すほどの力量がないことはわかっていた。

その代わり、その頃仲良くしていた気の合う先輩に声をかけた。それぞれで責任は持ちながらも、協力するところは協力して、少しずつ大きな仕事を手掛けていった。もちろんその先輩も元ヤンキーで、地元で有名な暴走族出身。僕の得意なタイプだ（笑）。

その頃、誰もが一度は憧れるアメリカのバイク「ハーレーダビッドソン」に乗っていた先輩。僕に快く力を貸してくれ、その力は想像以上のものだった。ありがたいことにその大きな存在に助けられ、とても不安な日々を明るく前向きに笑って過ごせた。この時期を共に乗り越えてくれる仲間がいなかったら、今の僕はない。

ハーレー先輩と僕は真逆の力を持った人間。そんな二人が信頼し力を合わせると、できないと思っていたこともできてしまう。そんなことにも気づかせてもらった。

ハーレー先輩はその後、違う仕事をすることになったけれど、今でも阿吽の呼吸で助け合えている。心から信頼できる仲間として、一緒に遊ぶことも多いし、仕事で絡むことも多い。ちなみに今はハーレー先輩ではなく、デザイン会社を営むチャリンコ先輩になっている。

時を同じくして、僕は失恋した。

当時付き合っていた彼女からは結婚したいとまで言ってもらえていたのに、急に音信不通になった。

大好きだったのに。僕は、仕事も手につかないくらい深く落ち込んだ。

そんなとき、突然、知り合いのお姉さんから電話がかかってきた。

彼女はいわゆるヒーラーと呼ばれる人で、目に見えない力で人を癒したり、必要なメッセージを上からのお告げのように伝えてくれる。以前、ある人に紹介されてから、すごく仲良くなり、時々会うようになった。

開口一番、ヒーラー姉さんは言う。

「なんだか、エネルギーが超低いけど、何かあったの?」

僕は、大失恋をしたことを伝えた。

「やっぱりねえ。若山くんのことを想像したら、めちゃめちゃエネルギーが低いから、心配して電話したのよ。これから、おもしろいものを買いにいくから、ちょうどよかった。一緒に行きましょう」

車に乗せてもらって、僕は尋ねた。

「何を買いにいくんですか?」

「ハッピーセットよ」

ハッピーセット？　マックの？　僕は二十九歳、ヒーラー姉さんはいくつだろう、四十歳手前くらいかな。この二人にハッピーセットを売ってくれるのか？　と思いながらも、僕は助手席に静かに座っていた。車は何軒ものマックを通りすぎ、高速を使ってさらに進み、着いた先は岐阜県美濃市だった。「うだつのあがる町並み」として知られる美濃市は重要伝統的建造物群保存地区として選定された歴史的風致の町。

こんなところでハッピーセット？

一軒の和紙店の前で車は止まった。看板に「山根」って書いてある。店の名前だ。

そういえば、美濃は和紙が有名だなと思いながら、ヒーラー姉さんの後をついて店に入った。店内には、いろいろな図柄の和紙や、和紙で作られた小物がずらりと並んでいる。

「ハッピーセットください」

ヒーラー姉さんが頼むと、お店の人が、はいはいと店の奥から出してきた。

横が一メートルくらい、縦は六十センチくらいの、絵が描かれた和紙、二枚セット。

それが通称ハッピーセットだった。

一枚の絵は「花鳥」という図柄で、山や木々とともに、鶴が群れをなして飛ぶ姿や、いろいろな花々が描かれている。落ち着いた、渋い感じの色が多く使われている。

もう一枚は「平安絵巻」という図柄で、金色をベースにして、烏帽子をかぶった貴族たちの行列が描かれている。牛車や馬に乗った貴族もいるが、ほとんどの貴族は歩いている。こちらのほうが、金色を使っているせいか、受ける印象は派手に感じる。

この二枚をセットで買うと幸運に恵まれると、ある時期から評判になり、いつの間にか「ハッピーセット」と呼ばれるようになって、日本の各地からお客様が来るようになったそうだ。

店内には、全国からの手紙が貼ってあった。

「おかげで病気が治りました」「結婚できました」「子供が生まれました」

僕は疑った。もしかして霊感商法なのか？　きっと高額に違いない。

しかし、二枚で三千円と聞いて、ん？　逆に安いぞと思い直し、買ってみることにした。

失恋してへこんでいる僕は、何かにすがりたい気持ちがあったのかもしれない。

「きっと今日からいいことが起きるわよ。心配しないで」

ヒーラー姉さんは僕の気持ちを察してか、そんなふうに言ってくれた。

さて、家に帰った僕は、店で聞いた話を思い出していた。

これは陰と陽の絵。「花鳥」が陽の絵で、善いことを噴き出す。人が集まるリビングルームのような場所に貼るといい。「平安絵巻」が陰の絵で、悪いことを吸い取る。玄関から悪いものが入ってくるから、玄関に貼るとよい。

でも、貼らなくてもいい。家に置いておくだけでもいいらしい。

やっぱり、なんだか信じられないが、せっかくだから貼ってみた。

すると電話がかかってきた。世話になっている先輩からだった。

「今夜、飲みにいくから、お前も来いよ」

誘いの電話だった。

失恋したばかりでそんな元気はない。一瞬断ろうと思ったが、先輩には世話になってるし、断りたくはない。まあハッピーセットを買ったことだし、と思い直して、とりあえず行ってみた。

先輩は飲み屋に友達を連れてきていて、その中の一人の女の子を紹介してくれた。

そこで僕ははじめて経験した。一目惚れというものを。

彼女の何が僕に刺さったのだろう。一分前までは、大失恋の痛手で女の子なんか当分見たくもないと思っていたのに。

しかも、先輩に急用ができて帰ってしまったので、その彼女を僕が家まで送っていくことになった。

僕は、その道すがら、なんと勢いで告白してしまったのである。

そして三日後からお付き合いが始まる。

この急展開。ハッピーセットのおかげ？　単に偶然が重なっただけだと思いながらも、和紙のお店「山根」に報告に行った。行かずにはいられなかった。

お店の人は、

「よかったですねえ。ハッピーセットが関係しているかはわからないけど、よかった」

とやさしく言うだけ。うちの商品はすごいでしょなどという態度は一切ない。

僕はハッピーセットを十枚くらい買って、悩んでいる友達に渡し回った。

16　死ぬ気になって頑張ろうと思えた彼女の一言

彼女との三回目のデートのときだ。

僕はまだベンツに乗っていた。売れば、だいぶ借金返済の足しになるのに、なかなか決心がつかなかった。ベンツは、見栄とプライドの最後の砦だった。


その日、彼女をベンツに乗せて、ドライブを楽しんでいた。

やっぱり、女の子とデートするのにベンツはカッコいい。きっと彼女もベンツに乗れて喜んでいるだろう。そんなふうに思っていた時、事件は起きた。

彼女が僕にふと尋ねたのだ。

「この車って何？ トヨタ？」

冗談を言ってるのかと思って、顔を見た。

いや、そういう表情じゃない。

僕はびっくりした。車に興味がなくても、ベンツくらいはわかるだろう。僕の最後の見栄とプライドと、意地も加わって、売らずにいたのに。でも、彼女の前で僕は「ベンツだよ」とは言えず、

「違うよ」

としか言えなかった。

「ふーん、そうなんだ」

彼女は、そう答えただけだった。

ベンツに乗っていなくても、僕という人間だけを見て、好きになってくれたんだ。僕を認めてくれたんだ。ベンツがなくても大丈夫なんだ。

そう思うと、心がふうっと軽くなった。

ベンツを売ろう。そう心に決めた。

僕のことを真正面から見てくれる彼女に、嘘をついているのが心苦しくなった。実はまだ借金のことを伝えてなかったのだ。

不用品回収業を始めて、返済の目処は立っていたが、それでもまだ以前の借金は、普

通の人には考えられない額だった。

彼女はそれを聞いたら、僕のことを嫌いになるかもしれない。

でも、それでも一緒にいてくれるなら、僕はもっと頑張れる。


四回目のデートで、カフェに入ってハンバーグを注文した。

「伝えたいことがあるんだ。びっくりするかもしれないけど、聞いてくれるかな？」

と切り出すと、彼女は、楽しそうに答えた。

「何？ 何、何？」

「実は、僕、借金があるんだ」

「いくら？ いくら？」

シリアスな話なのに、そういう食い付き方をされるとなんだか話しにくい。でもここまで話したらもう後には引けない。

「実はね、千二百万円くらいあるんだ…」

絶対にドン引きしているであろう彼女の顔を、おそるおそる僕は見た。その瞬間、彼女は言った。

「え〜、すご〜い」

しかも拍手までしている。僕は意味がわからなくなって彼女に質問した。

「何がすごいの？」

「え、だって私、千二百万円の借金なんて、したことないし、どうやってするかもわからない。すごいね〜どうしたら、そんなに借金できるの？」


僕は自分の過去を話さざるをえなくなり、正直に全部話した。

その後、彼女が言った一言で、僕の人生が変わる。


「そうなんだ。でもいいじゃん。将来、一億円くらい稼ぐビッグな男になるんでしょ？だから全然心配ないよね！」


彼女はそう言って、ハンバーグを美味しそうに食べ始めた。

僕は自分の夢を彼女に話していたから、ビッグな男になると、素直に信頼してくれていたんだ。借金の額にドン引きせずに、逆に励ましてくれた。

僕は、とてつもなくやる気になった。
心の奥底から湧き上がる熱いものを隠しきれずにいた。

こんな素直でかわいい彼女を幸せにできないなら、もう死んだほうがましだ。死ぬ気になって頑張ろうと、僕は再度、心に誓った。

彼女のおかげで、僕は見栄とプライドをすべて捨て去ることができた。
その彼女は、のちに僕の妻となる。
これはハッピーセットのおかげなのだと僕は信じている。

17　一杯のカレーライス　後編

不用品回収ではいろいろなお客様に出会う。

僕が自分のこれまでの経緯や夢を語るからだろうか、

「あなた、おもしろいわね。またお願いするわ」

何度も仕事をいただく中で、さらに話をするようになった方もいる。


そのうちの一人、一宮市に住むご夫人。マンションの一室をプライベートヘアサロンに改装し、完全予約制のサロンを営んでいる人だった。

出会った頃から僕を息子のように思って応援してくれた。食事に誘ってもらったこともあるし、それだけでなく、お客様を何人も紹介してくれた。


ある日、いつものように呼ばれて行くと、あなたに会わせてあげたい人がいるから、これから行きましょうと言う。

なんともありがたいことだ。

さっそく車で向かうことになったが、ちょうどお昼時だから軽くお腹に入れてからにしましょうということになった。どこに行くかはそのサロン夫人にお任せだった。


道路沿いに目に付いたカレーのココイチに入った。一宮市はカレーハウスCoCo壱番屋の本社があり、ココイチの店がたくさんある。僕は何も考えずロースカツとほうれん草のトッピングをした。

サロン夫人はとても小柄で、食が細い。何を食べるときでも、いつも僕に半分くれる。その日もカレーを半分、僕に分けてくれた。


一杯のカレーを半分に……十年前の思い出がフラッシュバックした。

ダンサーを目指して、東京で貧乏生活をしていたあの頃。

岐阜から会いにきてくれた彼女とのデートで、四百円を握りしめて入ったココイチ。

アンケートはがきを書いたところ、社長から直筆の手紙と三千円の食事券が送られてきた。

僕は過去の記憶をたぐり寄せながら、覚えている限りの話をした。

サロン夫人は涙を流しながら聞いてくれた。

「さすが、あの宗次さんだわ」

ココイチの創業者は、地元ではたいへんな有名人なのだ。

カレーを食べ終わり、本来の目的である、紹介してもらう人の家へ向かった。ある紡績会社の会長ということだった。

着くなり、サロン夫人は、「さっきのカレーの話をしてあげて」と僕に言う。

先ほどの話を繰り返すと、サロン夫人は「ね、いい話でしょう」と会長に同意を求めるが、会長の表情はなんだか険しい。

「その話の続きはないのか?」

と、僕に聞く。

「はい、これで終わりです。ココイチの社長は、なんてすばらしい方だと思いました」

僕は会長に強く指摘された。

「君は大事なことを忘れているぞ！ なぜ、宗次さんにお礼を言わないのだ？ おかげで命拾いしたと言い、それだけ感謝しているのなら、一度くらい会いにいって、お礼を言うことは考えなかったのか？」

と言う。

まったく予想もしていなかった展開に、少し困惑した。言われてみたら確かにお礼は言ったほうがよかったと思う。でも、ココイチの社長に、どこでどうやって会ったらいいのか想像もつかない。

すると、会長は誰かに電話をかけた。なんと相手は宗次さん本人で、これから会いにいくと言う。地元の経営者同士、つながりがあるのだ。正直ビックリした。

行った先は、「宗次ホール」。クラシック音楽を通じて社会貢献することをテーマに、二〇〇七年に建設されたホールだ。

そのときには、宗次さんはすでにココイチの経営から離れ、社会貢献活動を一生懸命行っていた。

すぐ事務所に通され、宗次さんの前で僕は緊張しながら、当時の手紙と食事券のお礼を言った。心の底から感謝の気持ちを伝えた。

「覚えていらっしゃらないと思いますが……」

と言ったら、なんと、

「覚えているよ、鮮明に」

と言うではないか。

そして僕が会いにきたことをものすごく喜んでくれた。

僕は、あの手紙をもらった後、ダンサーを諦め、成功も失敗も経験したけれど、今は不用品回収業の仕事を自分で切り盛りし、こうしていろいろな方の力を借りながらも、何とか軌道に乗っていると、現在の状況を伝えた。

このように少しでも成長した形で会いにきたことを、宗次さんはこう表現した。

「あの時の君への三千円の投資は大成功だった。こんな形で会いにきてくれて、大いに儲かったよ。逆にありがとう」

僕はその言葉を聞いて感動した。

そんなふうに、これからの時代を生きる若者たちのことを考えてくれているんだ。

そして、宗次さんは僕に尋ねた。

「君は、将来どうなりたいんだ？」

僕はちょっと調子こいて言ってしまった。

「いつか宗次さんのように、若者たちに夢と希望を与えられるビッグな男になりたいと思っています！」

宗次さんは大笑いして、

「それはいいね。頑張れ。でも、今のままじゃあ、まだ駄目だ。もっともっと社会に貢献して、社会のために頑張れ」

と、エールをくれた。本当に、宗次さんのような人になりたいと、僕は心底思った。

宗次さんの言葉は続いた。

「若いうちに、世界を見ておきなさい。そしていつか君の人生を本にするといい。貧

乏生活から始まって、社会に貢献する人間になって、そのサクセスストーリーをまとめたら、おもしろいだろうな」

そんなこと、実現するのかな。無理だろうなと思っているようすが、宗次さんに伝わったのだろう。さらに声に力がこもる。

「君の人生は本になるよ！　しかもタイトルはもう決まってるじゃないか！『一杯のカレーライス』だ！二十一世紀版『一杯のかけそば』を君が書くんだ。黄色い表紙に半分に分けたカレーの絵を描いて、そのときには、帯に僕が太鼓判押してあげるよ」

力強い言葉に、なんだか本当に実現するんじゃないかと思えてきた。本はあまり読まない僕だが、自分の人生が本になると思ったら、ワクワクしてきた。

その日から、本を書くことが夢になった。僕の夢がもう一つ増えた。

三千円の食事券が送られてきてから十年たって、当時のココイチの社長である宗次さんと会うことができるとは。しかも、そのときのアンケートはがきを覚えてくれていた。

トップに立つ人のすごさを目の当たりにした。と同時に、いろいろな人と知り合うことの大切さを感じた。そういうめぐりあわせを僕にくれたのは、サロン夫人と紡績会社の会長さんなのだから。そして、今までしてきたたくさんの苦労がすべて報われた気がした。

誰かに出会って、そこからまた新たな出会いがある。
そして、「自分の人生を本にする」という新たな夢がまた一つ増えた。
過去の苦労話がすべて本のネタになると確信した。

Phase 3

自分と向き合う。進む方向を定めた

18　声に出して夢を語れ～世界一周一人旅へ

宗次さんの言葉は一語一語、僕の心にしっかり刻まれた。

「今のままじゃあ、まだ駄目だ」
「社会に貢献して、社会のために頑張れ」
「若いうちに世界を見ておきなさい」
「君の人生は本になるよ」

すべて、すぐ達成できるものではなかったが、心の中では常にそれを考えていた。

中でも、僕は世界一周の旅を意識するようになった。
本を書くからには、もっともっといろいろな経験をしなくちゃいけない。仕事のかたわら、どこを巡るか、どうやって行くか、いろいろと調べたり、世界を旅してきた人がいれば、すぐに会いにいったりして、情報収集を重ねていた。

仕事を、そして日本を、数か月離れる心配もあるし、もちろん一人で世界を旅する不安は大きい。語学力だってたいしたことはないのだから。あるとしたら、誰とでも仲良くなれる積極性くらい。

悩んだ僕は、自動書記の先生に相談してみた。

自動書記とは、上から降りてくるメッセージを受け、手が自然に動いて、そのメッセージを字や絵で書き記すことをいう。簡単に言えばスピリチュアルな先生だ。

以前、例のサーファー社長から紹介されて、よく当たるのに驚き、迷うと時々相談していたのだ。その先生は迷っていた僕に向かって、

「すぐに行きなさい。あなたが今悩んでいることは、世界を回ることですぐに解決します。何も心配ありません」

と言い、何枚か描いた絵を見せながら、

「旅する中で、こういう景色に出会うでしょう。年上の女性から、あなたの人生にとっ

て大切なメッセージを受け取るでしょう」

と付け加えた。

よし、行こう。もう僕は迷わなかった。その後も情報収集を続け、計画を練った。

そのためにも仕事を頑張り、三十二歳でこれまでの借金を返済することができた。借金から解放されて、心おきなく世界一周に踏み出せる。そして、あの時ベンツをトヨタ？と言ってくれた大好きな彼女と結婚する。


僕は目標に向かって突き進んでいた。


せっかく行くのだから最高の旅にしたい、という強い思いがあった。

先輩経営者にしょっちゅう世界を回る人がいた。誰が見ても成功者といえるような暮らしぶりをしていて、オープンカーとタワーマンションがとっても似合う。でも気さくに誰の相談にも乗ってくれる優しい先輩なので、僕も時々飲み屋で会ってはいろいろ相談していた。

ある日の相談は、結婚する彼女のためのサプライズだった。

「せっかくだから、旅行中に何か、彼女が驚くサプライズをしたいんですよね。こんな僕についてきてくれた彼女を喜ばせたいし、幸せにしたい」

「おお、いいねえ。じゃあ、結婚式のときに彼女に渡す指輪の宝石を、どこかで掘ってくればいいじゃないか」

とタワマン先輩は簡単に言う。

「それ、すごい。でも、そんなこと、どこかでやらせてもらえるんですかねえ」

ネットで探しても、旅行者が宝石を掘るサービスなんて、一件もヒットしなかった。

「やっぱり無理ですかねえ」

タワマン先輩と飲みながら、何度もそんな話をしていた。

ある日、同じような話で盛り上がっていると、タワマン先輩に電話がかかってきた。

「ちょっとごめん」と電話で話し出したタワマン先輩は、「ちょうど、そういうやつがいますよ。後で連絡しますよ」と電話を切ると、興奮した顔で僕のほうに振り返った。

「おいおい、すごい話が来たぞ。宝石を掘る可能性が出てきたぞ」

電話の主は、スリランカ友好協会の人だった。

「来月、日本製の宝石顕微鏡スコープをスリランカに届ける予定の人が急に行かれなくなって、代わりに行ける人を探しているんだそうだ。だから、お前のことを伝えておいたぞ」

先輩のほうが熱くなって語る。

「おい、チャンスだぞ。スリランカはダイヤモンド以外の宝石なら何でも出てくる宝石の島なんだ。そんなところにスコープを届けるお役目で行くなら、現地の人が何とかしてくれるんじゃないか」

たしかに、少しは期待が持てそうだ。

スリランカは、当初行くつもりはなく、インドのほうに興味があった。しかし、そんなことは言っていられない。宝石を優先して、スリランカに行くことを即決した。

翌週、大阪にあるスリランカ友好協会に、スコープを預かりに行った。その際、協会の人に相談してみた。

「実は、結婚する彼女の誕生石、ルビーを掘りたいんですが、スリランカの方にそれをお願いできないでしょうか」

協会の人の一存では決められない。

「どうかなあ、できるかなあ。ま、今回の親善交流の相手に聞いてみますね」

一週間後に連絡があった。

「とりあえず、スリランカ側の世話人ランジェットさんが宝石一族で、宝石屋から採掘所まで宝石関連の事業をすべて持っているから、君の熱い思いを伝えたら、何とかしてもらえるかもしれない。話だけは通しておきますよ」

さて、僕はそのスコープを持ち、バックパックに必要最低限のものを詰め込み、世界一周の旅に出かけた。

不安はいっぱいあった。

でも、何とかなるだろう、いや、何とかしようと自分を奮い立たせた。

宝石は、大好きな彼女を喜ばせたいという意味で一番大事な目的だったが、僕がこれからの人生を歩むうえで、もう一つやり遂げたい目的があった。

それは、行く先々でダンスをして、その動画を撮るということだ。

さすがに、そういうことをしているダンサーはいない。

ダンスを中途半端に終えてしまい、自分の中で不完全燃焼の状態で残っているダンスを、僕なりに完結させるつもりだった。

三十二歳になってすぐ、二〇一〇年十二月に僕は旅立った。もちろん、自動書記の先生が描いてくれた絵は、バックパックに忍び込ませた。

タイを経由してスリランカへ。

僕はスコープを寄付する親善の役目があるので、三日間は、ホテル・運転手・通訳付きで観光もさせてもらえた。着いてすぐ、ランジェットさんに頼み込んだ。宝石を掘りたいと。しかし即座にNOという答えが返ってきた。

理由は、採掘は危険な場所で作業しているから、命の保証はないということ。

「危険でもいい。ぜひ、掘らせてほしい」

通訳も運転手もいるこの三日間を逃したら、チャンスはない。僕は必死に頼んだ。とりあえず、鉱山まで連れていってもらい、そこで再度検討することになった。

車で奥地へ向かうこと十時間。着いた場所はラトゥナプラという田舎町。次の日に備えて一晩泊まる。翌朝期待と不安を抱えながら現地へ向かう。ジャングルのど真ん中に開けた場所があり、掘っ立て小屋があった。そこが採掘所だという。

井戸のような縦穴を下まで降りていき、そこで土砂を掘るらしい。はしごはあるが竹を紐でくくっただけの簡易的なもの。そのはしごにつかまりながら、降りていくようになっている。

その場所を見せられて、僕もひるんだ。さらに「ここは水が多くて、危険だ。死んでも保証できない」と、通訳の人が言う。

どうする？　諦めるか？　いや、彼女のためにやるしかない。

僕は心を決めて、上半身裸になった。

縦穴を何メートルも降りていく。下に着くと真っ暗でそこから細い道が水平に真っ直ぐに続いていた。その奥に中腰でずっと歩いていくと、ほかに二人、作業員がいた。その三人だけで満員になるような空間。裸電球一つだけが頼り。一メートルほどの鉄の棒を使って、横壁の土を掻き出すようにして掘る。

穴の中は想像以上に熱い。湿度も高い。

ある程度の土砂を掘ると、それを袋に入れて地上に上げ、ざるに広げる。水の中で細かい砂を洗い流し、ざるに残った石ころにルビーが混ざっていないか、手でより分ける。ない。

また穴に降りて、土砂を掻き出すように掘る。地上に上げて、ざるに入れて水で洗い、ルビーがないか見る。ない。それを何度も繰り返す。

はじめて神に祈った。どうかルビーがありますように。こんなに神様にお願いしたことはないほど、祈った。

そして、体力の限界もあり、今日はもう無理かもしれないと諦めそうになっていたその瞬間……。ついに小指の先ほどの大きさの赤い石が出てきた。

「出たーーーーーーーーー！」


信じられなくて何度も何度もこれがルビーかどうか確認した。体力の限界だったことが嘘のように、興奮がおさまらず、一緒に作業してくれたスリランカの人たちと抱き合って喜んだ。

「宝石が見つかるのは運次第、その日に見つかるなんて奇跡！」と言われた。

僕はその赤い石とともに、スリランカを後にし、次の目的地へと向かった。


まさか、本当に宝石を自分で掘ることができるとは。


神様は本当にいるんだと思えた瞬間。

強い思いを持っていれば、道は拓けるんだ。

その思いは、自分の中だけで燃やすのではなく、他人に話すことが大事なんだ。

それを痛感した僕は、その後も、常に夢を誰かに語ることになる。

19　世界を見ることは、自分を見つめることだった

赤い石を大事に携え、僕は旅を続けた。

どこへ行くか、事前におおまかな回り方は決めていたが、その日の気分で、または現地で知り合った人のアドバイスで、ふらっと訪れた場所もある。予定のあるようなないような、自由な旅だった。


その中で決めていたこと。

行く先々で踊ること。そしてその動画を撮ることで、僕の軌跡を残したい。


スリランカでは、宝石を掘ったラトゥナプラと、シーギリアロックで踊った。

シーギリアロックは、ジャングルの中に突如現れたような高い岩山で、かつては、その頂上に王宮があった。頂上から、はるか彼方までジャングルが見渡せる。それを見な

がら踊るのは、爽快だった。

シンガポールを経由して向かったアラブ首長国連邦のドバイ。砂漠の真ん中にあらゆる世界一が建設されている近代的な街であると同時に、モスクは歴史を感じさせる。そんな場所でも踊った。

泊る所も移動手段も、その日その日に決めていた。つたない英語とボディランゲージでなんとかなるもので、いろいろトラブルはあるにせよ、そんなトラブルも楽しめるほど、少しずつ一人旅に慣れてきた。

ドバイからエジプトへ向かうとき、ドバイの空港に行ったら、僕が予約した飛行機は前日のものだと言われた。時差を読み間違えたのだ。チケットが無駄になってしまった。

僕はあたふたしながら、エジプトに行きたいが、その日にちを間違えて……と、英単語と手振り身振りとで、何とか伝えようとした。

すると、たまたま、エジプト航空のちょっと偉そうな人が出てきて、「どうした、どうした、こちらに来なさい」と、僕は別室に連れていかれた。

またもや英単語と手振り身振りで事情を説明すると、

「なぜ、旅をしてるのかね」

とその人は聞く。伝わるか伝わらないかわからない英語で、夢を伝えた。日本から持ってきていたお土産も渡した。僕の必死な思いが伝わったのか、

「わかった、わかった。このチケットをプレゼントしよう」

と、次のエジプト行きのチケットをくれるではないか。しかも、ＶＩＰ待遇で、機内まで案内されたのだった。


トラブルは毎日何かしら起きたが、不思議なことに、必ず誰かが現れて助けてくれる。


外国の人はそんなにやさしいのだろうか。日本人は冷たいのだろうか。

いや、日本にいるときだって、いろいろな人に出会っていたはずなのに、その出会いに気づかず、その温かさに気づかず、その貴重な出会いを無駄にしていたのではないか。

自分のこれまでを反省した。


エジプトではもちろんギザのピラミッドの前で踊った。

トルコではカッパドキアの奇岩の前で、そしてイスタンブールで。

小型のビデオカメラをセットして、自撮りでダンスを撮影する。イスタンブールの街中でも自撮りで踊り始めたら、撮ってやるよと言ってくれる若い男性が現れた。最初は騙されるのではないかと警戒していた人の親切も、次第に受け入れられるようになり、どこへ行ってもそういう親切な人にいつもめぐり会った。

街行く人は、踊る僕を見て、チラチラこちらを伺ったり、「お、すごいじゃん」と足を止めたり。こういう反応は、どこの街も同じだった。

イタリア、ローマのコロッセオでは、観光客も多かったので、あまり目立たないように脇道でこっそり踊った。バチカン市国は滞在が短かすぎて、さすがにダンスの動画は撮れなかった。

その後ヨーロッパの旅は続き、ギリシャでは、アテネのアクロポリスやエーゲ海に浮かぶサントリーニ島、ドイツでは、バイエルンにそびえ立つノイシュバンシュタイン城やミュンヘンのアリアンツ・アレーナというサッカー専用スタジアムの前で踊った。小学生の頃、僕はプロのサッカー選手になると思っていたから。

フランスでは、夜のパリのエッフェル塔。白く輝くイルミネーションが幻想的だった。パリからバスで六時間のサン・マロ湾に浮かぶモンサンミシェルにも足を延ばした。

アメリカ大陸に渡り、南米のペルーでは首都リマからクスコへ行き、インカ帝国の遺跡マチュピチュに行った。そのマチュピチュをさらに上から見下ろせるワイナピチュにも登った。高山病になる人もいるらしいが、僕はダンスしても全然平気だった。

そして、アメリカ合衆国へ。ニューヨークの自由の女神やタイムズスクエア、ブルックリン橋のたもとでも踊った。

ニューヨークはダンサー時代にすごく憧れていた地だ。中高生のとき、家で擦り切れるほど見ていた、黒人有名アーティストのミュージックビデオの中の景色が目の前に広がっていた。興奮を通り越して感動していた。

このニューヨークの街にどれだけ憧れて夢を抱いていたか、当時の心境を鮮明に思い出した。そしてダンサーとして不完全燃焼だったものが一旦完結できたように思えた。

その後、二十代から何度も訪れていたインドネシアのバリ島へ行き、二〇一一年二月に日本に戻ってきた。

三か月の間に十五か国に足を踏み入れ、とりあえず地球を一周した。

さまざまな伝統や文化、そして経済にも触れた。

すべてに敬意を感じた。

どの国の風景にも、人の優しさにも、胸を打たれた。

今まで、日本で当たり前に思って生活していたことが、当たり前ではなかったんだと気づいた。


外国では、僕のことを知っている人は誰一人いない。誰も僕のことを見ていない。僕も、誰に気を遣うこともない。こんなに長い期間、自分だけと向き合うことはなかった。

そういう意味でも貴重な時間だった。

出かける前は不安でたまらなかったが、何とか自分の力で三か月の旅を完結できた。

自信はついた。


助けてくれる人が必ず現れた。

宝物のような出会いがいくつもあった。

旅行中も日本で支えてくれている人がいたことは忘れてはいけない。

たくさんのことに気づかされた旅だった。

帰国してすぐ、僕は彼女と結婚した。サプライズで赤いルビーを結婚指輪にして。

当時ココイチ社長の宗次さんの言葉が発端で、世界一周をしてきた。

「若いうちに世界を見ておきなさい」という言葉には、いろいろな意味が含まれていたのだ。

世界を見ることで、いろいろな価値観があることを知った。

若いからこそ、少し無茶な旅ができた。

仲間や友達から離れて、自分を見つめることができた。

20 「ミラクル」は起こるべくして起きる

旅の途中、僕の人生を大きく変える出会いと出来事があった。

イタリアのローマから、ギリシャのアテネに向かうことにしていた。

その頃ギリシャは財政危機を迎えていて、銀行が封鎖され、街ではストライキやデモが行われ、電車も止まっていた。

当時流行っていたSNSのミクシィを使って、各国の情報を提供してくれる人を探した。ギリシャでも、日本語のわかる人に対して、ローマからアテネへの入り方、危ない場所はないかなどの情報を求めていた。

唯一返事をくれた人は、「〇〇は危険」「この地域は通らないほうがいい」などと事細かに教えてくれた。

おかげで、安全にアテネを歩き回ることができた。できればお礼の気持ちを伝えたいと思い、「お会いできませんか?」と送ったが、すぐに断られた。「仕事の予定があって、時間がありません」ということだった。

三日ほど、アテネの街でぶらぶら過ごしていたら、「今日の夕方なら、一時間くらい、会えますよ」と、ミクシィで連絡があった。予定が変わったのだろう。

待ち合わせ場所には、六、七歳の子供を二人連れた女性がやってきた。日本人とギリシャ人のハーフだという。

それがエフィ・コンダクサーキさんとの出会いだった。

これまでの互いの人生などを話していたら、打ち解けてきて、その後子供と遊園地に行くのに一緒についていくことになった。そのうえ、その日は夕食まで一緒にとることになった。

次の日、サントリーニ島に行くことが決まっていた僕は、朝五時に港を出るフェリーで旅立つ予定だったので「どこかでまた会えるといいですね」と言って別れた。

そのフェリーは紺碧のエーゲ海に浮かぶ美しい島々を経由して、六、七時間かけて昼の十二時頃サントリーニ島に着いた。

電話が鳴った。エフィさんだった。

「昨日伝え忘れたことがあるの。明日、サントリーニ島に行っていいですか？」

僕はこの言葉に戸惑い、こう返事した。

「僕は三日間この島で過ごしたら、またアテネに戻るので、そのときでもいいですけど…。わざわざ来るのは大変じゃないですか？」

「実は、もう飛行機のチケットも取ってしまったので、行きます」

彼女の行動にさらに違和感を覚えたが、断る理由もないので、ではお待ちしていますと答えた。


翌朝の十時、本当に彼女はホテルにやってきた。近くのカフェでおしゃべりするが、当たり障りのない普通の話で盛り上がるだけ。二時間が過ぎた。わざわざここに来て話すことではない。

するとと、急に「外に出ましょう」と席を立ち、すたすた歩き出した。

サントリーニ島は、青い屋根、真っ白い壁の建物、そして青い海が美しい。僕はいつかのポストカードで見たこの景色が忘れられなくて、この島に来たかったことを思い出した。目は景色を追いながら、長く続く石畳の道を早足で歩くエフィさんに遅れないようについていった。

一〇分くらい歩き、ある場所でふと彼女は立ち止まり、「ここに座っておしゃべりしましょう」と言った。

そこに腰をおろして、眼前に広がる海を見た。海には船が浮かび、その向こうには、島が二つ見えている。美しい景色だ。

ん？　どこかで見たことあるような気がする……デジャブ？

もしかしてと、僕はカバンの中を探った。旅に出る前に、自動書記の先生が描いてくれた絵。どこだ？　あった、あった。

見比べると、この景色とまったく同じ絵が描かれてある。

「出たーーー！」

思わず叫んでしまった。

石畳の道、その手前に人間が二人いる。これはエフィさんと僕？
海をすべるように走る船。向きも同じだ。
その向こうに島が二つ。島の重なり方も同じ。旗を立てるポールもある。

エフィさんが、けげんな表情でこちらを見る。実は……と僕は自動書記の先生の話をした。この景色を見たときに、必要なメッセージを受けるだろうと言われたことも。エフィさんは景色を見ながら、うなずいて静かに言った。
「そういうことだったのですね。私自身も納得しました。自分でもよくわからなかったけれど、今それを聞いてわかりました。実は私、昨日朝起きたときに、神様にサントリーニ島に行きなさいと言われました。行ったらわかるからと」

鳥肌が立った。僕は半分怖かった。
ここまでのスピリチュアルな経験は今までなかった。
だが、何かが今、自分の目の前で起きている。

21　愛の伝道師との出会い

それからエフィさんは急に「愛」について語り出した。

エフィさんの母親は日本人で、ヨーロッパを旅行しているときに、ギリシャ人の男性に出会った。二人には共通の言語はなかったけれど、恋に落ちて、そして結婚した。それがエフィさんのお父さんだ。


言葉がなくても愛があれば、その気持ちは通じる。愛とはそういう強いもの。

世の中に悪いことが起きるのは、愛が足りないから。

世の中にあるものはすべて、愛から生まれた。

自分がやりたいこと、自分がなりたいもの、自分がほしいものは、愛を通して、愛を感じて、引き寄せるもの。パワーの源となるのが愛。

この世の中で最も強い力は愛。

感謝する気持ちも愛から生まれる。

人生は、いつも思いどおりに進むわけではないけれど、すべての事の上に今の自分があると感謝するのが大事。


愛について、僕にわかりやすいように、ゆっくり具体的に説いてくれる。

そして、バッグから『ザ・パワー』という本を取り出した。

「私が伝えたメッセージはこの本に詳しく書いてあるから、後で読んでみてください」

でも残念なことに、それは英語で書かれた本だったので、読めないというオチもあった（笑）。

こうしてまるまる二時間、エフィさんは愛について語り、そしてアテネに帰っていった。

僕はしばらく放心状態だった。自動書記の先生の言うとおりのことが起きた。

予言されていた絵と同じ場所。

エフィさんがいきなり来た。
年上の女性から大切なメッセージを受ける、というのも予言どおり。
何かが起きている。

僕が常々、愛というものについて疑問を感じていたのも事実だ。

「愛をもって接しなさい」
「愛は大事」
「会社経営には愛が必要」
「お前は愛が足りない」

今まで先輩からいろいろアドバイスをもらう中に、「愛」という言葉が含まれることが多かった。けれども実のところ、愛とは何なのか、自分では理解できていなかった。

二十四歳のとき、例のサーファー社長から、出会って間もないのに早朝に突然電話をもらって、「君は、のちに愛の伝道師になる。だから、愛について、もっと勉強しておきなさい。今はこの意味がわからないだろうが、追い追い教えていくよ」と言われたことがある。

なんでそんなことを僕に？　何かの間違いじゃないか？　恋愛だってうまくいってないのに。

そうしたことすべてが、その日に繋がった気がした。
自分の人生に足りなかったこと。
これから何が必要か。
不用品回収の仕事の意味。
人とのコミュニケーションのなかで大切にすべきこと。
すべて愛だった。

それでも僕はまだ腑に落ちないところがあり、アテネでもう一度エフィさんに会って話を聞いた。自宅にまでお邪魔して、家族の皆さんとも挨拶して、僕はアテネを後にした。

世界一周の旅を終えて、僕は自動書記の先生のもとを訪れた。報告して、再び自動書記をしてもらった。

「いつか、その人とは一緒に何かするようになるわよ」と言われた。

世界一周の旅で得た最大の宝物は赤い宝石、そして、このエフィさんとの出会いだった。エフィさんがくれた愛についてのメッセージを、僕はだんだんはっきりと理解するようになり、何かを決めるときの判断基準となった。

そして、自分が携わる仕事や関わっていく人間関係が、それまでとは激変し、以前よりうまくいくようになった。

帰国して一年後に、『ザ・パワー』の日本語訳版が発行された。

今も折に触れてそれを読んで、エフィさんの話を復習している。

その後、僕は知り合いのエステサロンを経営している女性からの相談がきっかけで、男女のコミュニケーションのコツや愛について、男性の目線で女性に語る講座を開くことになる。それが口コミで全国へ広がった「あげまん講座」だ。今では二千人もの受講者がいて、名古屋で有名な雑誌でコラム連載をしていたこともある（そのことに関してはまた後ほど）。

実は、二人の子供の名前に「愛」という字を入れたし、会社を設立するときにも迷わず「愛」という字を入れた。

すべて、エフィさんのメッセージと繋がっている。

自分は、それを「愛」を持ってやっているか。
この「愛」こそがすべてを引き寄せる法則なのだ。

22 人とのつながりから、見えない力に導かれる

彼女ができるきっかけとなったハッピーセットを買いにいこうと誘ってくれたのは、ヒーラーのお姉さん。サントリーニ島で愛について教えてくれたエフィさんとの出会いを予言したのは、自動書記の先生。

そして、僕はスピリチュアルな体験をした。僕がそれを追い求めていたわけではないが。

はじめは、いろんな会社の社長さんに、おもしろい人がいるぞとか、占いのすごい人がいるから行ってみないかと、紹介されることが多い。

紹介されたら、断ることはしない。一度は行ってみる。

僕にいいよと勧めてくれる、その人の気持ちに報いたいし、会ってみないと何もわからないから、とりあえずは行ってみる。

すると、不思議なことに、そういう人に僕は気に入られる。

「あなた、おもしろいね」と言われて、仲良しになるのだ。

そうなると、僕も時々訪ねて自分の悩みを聞いてもらったり、逆に「大丈夫なの？」と心配してもらったりして、親交が続く。

けれども、ハッピーセットを買ってすぐに、のちに結婚する彼女に出会ったり、自動書記で描かれた絵に、実際にサントリーニ島で出合ったりすると、何かそういう力というものが実際にあるのではないかと思ってしまう。

スピリチュアルなものに頼りすぎる気持ちはない。

けれど、目に見えない力の存在ははっきりと感じる。

23　人に与えることは自分に与えること

二〇一一年の春のある日、後輩に頼まれた。

「僕の友達が障害を持ってしまって悩んでいるんです。話を聞いてあげてくれませんか？」

障害で悩んでいる人に、僕は何か話せるだろうか。

しかし、後輩の頼みで断ることができず、会うことになった。

不安でいっぱいだったが、暗い顔で会うわけにはいかない。カラ元気を出して、見かけだけは陽気なふりをして、待ち合わせ場所に行った。

そこには、なんと僕よりハイテンションな笑顔の人が、片手で手を振り、片足を引きずりながら歩いてきた。それが後輩の友達だった。彼は自分のことを、役に立たない操り人形でくのぼう（木偶の坊）にたとえて、デクと名乗っていた。

デクはまず、自分の容態を話してくれた。友達と遊んだ帰り、何の前触れもなく脳出血で倒れて、気づいたら病院のベッドの上。そこで、左半身麻痺となったことを知らされたそうだ。

まだ二十六歳だ。デクは落ち込んだ。不安に押しつぶされそうになった。この若さで、半身麻痺。僕なら死にたいとすら思うだろう。

隣の病室には寝たきりの男性がいた。その奥さんから言われたそうだ。

「あなたはいいですね、右半身が動くから」

その言葉に気づかされた。

動かない半分の身体でなく、「動く半分の身体」に目を向けよう。心が元気になれたのはそれからだ。

デクの人生の話は、すべて前向きなことばかり。
相談にのって励ますつもりで来たのに、僕のほうがたくさんの元気をもらった。

話がはずみ、互いの夢も語り合った。「いつか本を書きたい」という夢もデクに伝えた。

デクはその年に起きた東日本大震災のボランティア活動として、東北にある障害者施設へ寄付をする募金活動をしていた。そのことで相談を受けた。

「来週、ショッピングセンターで募金活動をするときに、着ぐるみを着てくれる人を探してるんだけど、誰か知らないですか?」

僕はすかさず引き受けた。もちろん、デクのために何か手伝いたいと思ったのもあるが、着ぐるみを着るのも結構楽しそうだと思った。

当日、僕の着ぐるみは、大手ショッピングセンターで人気者だった。たくさんの募金を集めることができた。なんだかとても嬉しかった。これがボランティアの魅力なのかなと感じた。デクのボランティア活動のスタッフとして、その後も参加させてもらった。

こうして、デクとさらに仲良くなっていった。

数日後、デクから電話がかかってきた。

「今日ボランティアの関係で大学に行ったら、本を書いてる人と出会ったから、今度紹介するね!」

デクは僕の夢を覚えていてくれたのだ。

そして一か月もたたないうちに、その約束は実現した。

その人は野澤卓央さん。当時、『一生を変えるほんの小さなコツ』という本を出版したばかりだった。

人が幸せに生きるために大切なこととその実践方法を、「小さなコツ」として毎日のメルマガで発信したことから話題になった「小さなコツの専門家」だ。今では何冊も本を出版し、毎日のメルマガも四千日を超え、全国で開催している「コツ塾」という名の勉強会はどこへ行っても大人気で、追っかけするファンも多い。

岐阜県大垣市にあるカフェで待ち合わせをし、僕は緊張でガチガチになりながら行ったが、とても気さくな方で、年が近いこともあって、すぐに仲良くなった。たくちゃんとあだ名で呼ばせてもらえるようになり、僕のこともその日から、わっかんとあだ名で呼んでくれた。

「わっかんはどんな人生を送ってきたの？　教えてほしいな～」

小さい頃なんて久しぶりに思い出すなと思いながら、これまでのことを思いつくままに話した。

小学生でプロサッカー選手を夢見ていた頃、病気になって諦めた話、ダンスにのめりこんだ時期、営業で稼いだがそれ以上の借金を作ったこと、不用品回収に至る経緯、コイチ社長とのこと、世界一周の話。

たくちゃんは、にこにこしながらこれらの話を聞いていた。そして、こう言った。

「その話、おもしろいね。ぜひ、人前で話してほしいなあ。今度、僕と一緒に講演会をやらない？」

講演というものにも興味があったので、誘われて少し戸惑ったが、引き受けることにした。

その一か月後、たくちゃん、デクと一緒に、大垣市の多目的ホールソフトピアジャパンで、二百人の前で話すこととなった。それが僕の講演会デビューだ。

それから各地から講演依頼をいただくようになった。三人で東京や大阪にも行った。そしてありがたいほどの経験と出会いが増えていった。

講演会でのエピソードがある。

僕は前歯が少し出ていて、それがずっとコンプレックスだった。講演会で話していると、すぐ歯が乾いてしまう。話の途中で水を飲むとき、「前歯が乾いちゃって、失礼します」と言うと、なんだかみんなが大笑いしてくれる。それを最初はネタと思っていなかったが、あまりにウケるので、自虐ネタとして利用するようになった。

そのネタを、あのたくちゃんもうらやましそうにしてくれる（笑）。

そんなことがきっかけで、話す内容、話し方、間の取り方、そしてウケのとり方など、少しずつ勉強をし、会得していった。

それ以来、各地で開催するたくちゃんの講演会のお手伝いをする機会も多くなり、またいろんな場所にも呼んでもらった。僕が講演をやるようになったきっかけとなったのが、たくちゃんとの出会いだったのは間違いない。

夢を人に語ったことで、もう一つの別の夢が実現した。
自分の経験を話すことで、だれかに元気をあげたいという夢。
人との出会いは人生を変えるチャンス。
今、人に与えることは、未来の自分に与えることなんだ。

24 生んでくれてありがとう。育ててくれてありがとう

講演会で話をするようになり、自己成長が大事と実感した僕は、さまざまな講演会を聞きにいき、勉強をした。大勢の聴衆の前で上手に話す人を見て、あんなふうにカッコよく話したいと思った。

そんなとき、ある講演会でこんな話を聞いた。

「皆さんに質問です。親に感謝してる人、手を挙げてください」

当たり前に感謝はしてるけど、と思いながら僕は手を挙げた。

ほとんどの人が同じように手を挙げていた。

「では次の質問です。親に生んでくれてありがとう、育ててくれてありがとうと伝えたことがある人、手を挙げてください」

僕は手を挙げられなかった。

会場にいるほとんどの人が僕と同じだった。

講師の話はこう続く。

普通に考えたら、親は自分より早くこの世からいなくなる。今、あなたが親のことをどう思っているかはわからないが、あなたがこの世に生まれてきたのは両親のお陰。母親は死ぬほどの痛い思いをしてあなたを産んだ。そして、生まれてきたあなたをギュッと抱いて涙したに違いない。父親も同じ、生まれてきたあなたを腕の中にそっと抱いて涙し、それからあなたのために、朝から晩まで死にものぐるいになって働いたはずだ。

そして、こう問いかけた。

「その感謝を両親へ伝えることができない人に、どんな大きなことが成し遂げられますか？」

僕は頭をハンマーで叩かれたような衝撃を受けた。

それまで、そんなこと、考えてもみなかったからだ。

親が何かしてくれるのは当たり前だと思い、しかも反発し、文句だって言ってきた。

とんだ親不孝者だったことに気づいた。


その話を聞いて数日後、僕は生まれて初めて両親を食事に誘った。ちゃんとした場所で食事でもしながら、両親へ感謝を伝えようと思ったのだ。


さんざん迷惑もかけてきた。お金も使わせてきた。何一つ親孝行と呼べることはしてこなかった息子が、いざ両親に感謝を伝えようなんて、想像しただけで声が震える。

美味しいはずの食事も喉を通らない。時間だけが過ぎていく。

最後の料理が運ばれてきたタイミングで、僕は思い切って言った。

「こんなこと急に言い出したらビックリするかもしれないけど…」

もうドキドキしすぎて、心臓の音が脳まで響いてきた。


「お母さん、僕を産んでくれてありがとう。お父さん、僕を育ててくれてありがとう。

二人の子供に生まれて僕はとても幸せです」

その瞬間の両親の顔は、今でも忘れられない。

僕がその言葉を急に伝えて少しビックリはしていたけれど、目に涙が浮かんでいたようにも見えた。

「急に呼び出してかしこまってるから、お金でも貸してくれって言われるんじゃないかと思ったよ」

父親が笑いながら言う。母親も笑っていた。

僕はものすごい安堵感に包まれて、身体の力が一気に抜けた。

その日を境に、目に見えて何かが大きく変わったわけではないけれど、母親からの電話が多くなった気がするし、父親も会うといろいろなことを僕に話してくれるようになった。

まさに親子の間に立ちはだかっていた壁に穴が開き、光が差し込んだような感覚だ。

それからは、毎年とは言えないけど、誕生日に手紙やメールで「愛してるよ！」と伝えられるまでになった。

なぜそれを今まで伝えてこなかったんだろうと思うくらい簡単なことだが、言う前はまったく思いつかなかったし、実際口にするとなると、とてもハードルが高かった。もしその言葉を伝えずに万が一のことがあったらと思うと、ゾッとする。
伝えることができて、本当によかった。

僕は現在二人の子の親となり、子供たちに向ける愛情が日々膨らむばかりだ。
両親がどんな気持ちで僕に接してくれていたのか、今なら手に取るようにわかる。

それを感じるたびに、両親への感謝も膨らむばかりだ。

両親の愛がなければ僕はこの世に生まれていない。
身近な両親に感謝が伝えられない人は、何も成し遂げられないだろう。
伝えた後だから、そう強く思う。
自分も親となり、さらに深く思う。

25　拓かれた道を突き進めるのは自分だけ

宗次徳二さんの言葉「若いうちに世界を見ておきなさい」に背中を押され、実際に世界一周の一人旅が実現した。

同時に僕の心に強く残っていたのは、「君の人生のエピソードを本にするといい」という言葉だった。

本を書いている人の周りには、本を書いている人がたくさんいる。

そこでの出会いには、ひすいこたろうさんもいた。

「ものの見方が変われば人生が変わる」をモットーに、幸せになる捉え方を追求する人気作家であり、「天才コピーライター」でもある。『3秒でハッピーになる名言セラピー』を皮切りに、毎年ヒット本を連発している超ベストセラー作家だ。

ひすいさんの『ものの見方検定』という本に、実は僕が登場している。

講演中の出っ歯自虐ネタを、ひすいさんが自身の著書に載せてくれたのだ。

しかも、僕のエピソードの次ページには、矢沢永吉さんの三〇億円の借金の話が。なんと、本の中で泣く子も黙るスーパースターと共演してしまっている。


この本が出版された頃に、「ひすいこたろうさんの本に出ている、わっかんさんですか?」と、居酒屋で声をかけられたこともある。

「出っ歯でいいなあ」とうらやましがられたこともある(笑)。

まあそれは冗談としても、この出来事はまぎれもなく、コンプレックスがコンプレックスでなくなった瞬間でもあった。


僕のことが本に載り、いつか本を出すという夢の第一段階が叶えられたような気がして、それもまた飛び上がるぐらい嬉しかった。

自分で五十冊買って周りに配り、その後いく先々で本の紹介をしまくって合計百冊以上は売った。

まさかコンプレックスをネタにしていたら、それがベストセラー本に載るなんて、人生何が起きるかわからない。

その後も、ひすいさんの人気本『あなたの人生がつまらないと思うんなら、それはあなた自身がつまらなくしているんだぜ。』にも僕のエピソードを二つ載せてもらえた。お世話になった社長との話と、世界一周の旅で起きたギリシャの話だ。
（※サントリーニ島のネタではないので、ぜひ読んでください）

この出来事が大きな自信となった。

次は、僕が僕のことを書いて本にするんだ。
世界一周の旅をしたときも、同じことを思った。

夢を持ったら、それは誰かに語ることで、道が拓けるのだと。

本についてもそうだ。

夢を語った相手は、頭のどこかにその夢を覚えていてくれる。
そして、あ、わっかんの夢に繋がるぞと、何かの機会に思い出してくれる。
なんて、ありがたいことだろう。
だから、僕も誰かの夢を聞いたら、その夢を叶える手伝いをしてあげたいと思う。

誰かが道筋を作ってくれても、その夢を実現するのは本人自身である。
誰かまかせでは進まない。

Phase 4

起業の精神。そして、その先へ進む

26　貯蓄ではなく貯人

世界一周一人旅の夢を果たし、僕は引き続き、不用品回収の仕事を頑張っていた。

その仕事のご縁で、ある信用金庫の支店長さんと知り合い、お話をさせてもらったことがある。

銀行の支店長さんとお話できるなんて、こんな機会はなかなかない。今後の人生のために、「お金の話」を聞いておこうと思って、単刀直入に質問した。

「お金って何ですか?」

支店長さんはその質問に対してこう答えた。

「貯金はあまりしなくていいから、できれば貯人をしたほうがいいですよ」

「ちょ、ちょ、ちょにんですか?・?・?」

初めて聞く言葉に僕は困惑した。頭の中が?・?・?になっている僕に、支店長さんはていねいに説明してくれた。

お金は貯めてもそれだけでは何も生まないし、死んでしまったら、あの世に持っていくことはできない。だから、貯金は必要最低限だけにして、周りの人のためになることにお金をどんどん使ったほうがよい。そうすれば、自分が困ったときには応援してくれる人が現れるし、人脈を通して仕事の依頼や活躍の場が舞い込む。

それが人生を豊かにする「貯人」というものだ。

人が一番の財産なのだ。

銀行の支店長さんからは貯金はしたほうがいいと言われると思っていたので、正直ビックリした。と同時に、支店長さんが語る「お金の話」だから、とても説得力があった。

以降、僕はとにかく貯人をしようと思い、得たお金がなるべく周りの人のためになるようにと、毎日人と会い、困っている人のために動き、そしてお世話になった人への恩返しにと使っていった。

その後、カンボジアのボランティアに携わったのも、その言葉がきっかけの一つとなったのかもしれない。

この話でもう一人紹介したい人がいる。

一見何屋さんかわからない僕の先輩、おでこがチャームポイントで、みんなからでこさんの愛称で呼ばれている名古屋の有名人。まさに貯人のプロで、人脈の大富豪（笑）。

そんなでこさん、実は保険屋さんなんだけど、知り合ってから保険屋の顔をしているところはほとんど見たことがない。


いつも人のために動いていて、人と人とを会わせることばかりしている。


でこさんに会うと、「わっかんのために僕は何ができるかなぁ」と、いつもいろいろアドバイスしてくれる。

でこさんの周りには「でこさんのお陰で人生が変わった！」という人ばかりいる。もちろん僕もその一人だ。

でこさんがなぜ、いつも必要なタイミングで必要な人と人を会わせることができるのか。それは、いつも誰がどんなことに困っているかを会話の中で聞いて、それを知っているから。

だから、新しく誰かと出会ってその人の能力や才能を知ると、すぐその能力や才能が他の誰かの困りごとに役立つかを見つけられる。そのマッチングの結果、両者が喜び、周りには人と笑顔がいっぱい。だから自然と保険もトップセールスというわけだ。

そんな二人の生き方を見て、僕も貯金よりも貯人に努めるようになった。しばらくすると、自分の中で変化が起きているような気がした。

それまでは自分に自信がなく、見栄やプライドのための物欲に溢れていた。次第に人と本心から付き合えるようになった。信頼し合える相手が多くなり、不思議と自信がついてきた。今では「人生、何があっても大丈夫だ！」と心の中で思えるようにまでなった。

それにつれて、自然と物欲がなくなってきた。もちろん欲しいものはいっぱいあるが、不要なものにまで無理して手を出すことはなくなった。

手元にお金がたくさんなくても、必要なときに必要なだけのお金が必ず回ってくるような感覚になれたのは、まさに貯人がたくさんあるおかげだと思っている。

お金は生活を豊かにするものだが、お金だけあっても心は豊かにはならない。使い方を間違えれば、お金によって心が貧しくなったりもする。

どちらも経験した僕の結論は、やはり今後も貯人をたくさんしていきたいということだ。

一人では何もできないが、周りにさまざまな才能や能力を持った人たちが溢れている。どんなことでも、周りの人を頼れば、だいたいはできてしまう。そう思って動くと、毎日いろいろな相談事がやってくるようになる。それがどんどん仕事にも繋がっていく。

27　命を輝かせて生きる

会社のお客様を通じて、岐阜の歯医者さんの奥様を紹介してもらった。奥様というより母ちゃんといったほうが、キャラとマッチする。いつも僕を呼んでは「新鮮な畑のお刺身食べてって～」と採れたて野菜の美味しいサラダなどを振る舞ってくれる。

その母ちゃんの家に初めて行ったとき、僕はいつものように自己紹介をして、夢を語った。そんな僕の話に心熱くなったのか、母ちゃんからも熱い夢が語られた。

「私はカンボジアの子供たちを救いたいの！ あなたも協力してくれませんか？」

話を聞くと、母ちゃんは十年間もカンボジアの孤児院に高額な寄付を続け、時々現地へも訪れていた。その孤児院には三十人もの子供たちがいて、わが子のように愛情をかけて育てている。まさに現代のマザーテレサみたいだ、と僕は思っている。

「みんなかわいいのよ。それに楽しい子たちなの。だから夢中なの。あなたがダンスに夢中になったのと同じよ」

しかも、寄付するお金は全部自分で働いて得たお金だという。歯医者さんでお金があるから、というわけではない。

カンボジアの子供たちについて語るテレサ母ちゃんの熱意に、僕は思わず「はい！僕も協力します！」と返事していた。

その後、テレサ母ちゃんに強く誘われて、一緒にカンボジアに行った。

正直言うと、そのときはまだボランティアにはさほど興味はなく、世界遺産のアンコールワットを見るのが目的でもあった。

現地の孤児院に着くと、子供たちがきらきらした笑顔で集まってきて、僕の手を繋いでくれた。

日本から持っていったお菓子を一人ひとりに配ると、自分で全部食べないで、半分にして僕の口に運んでくる。みんながみんな、僕に半分くれようとする。

「いらないよ」と拒むと、テレサ母ちゃんにこう言われた。

「この子たちは一緒に食べたいのよ。一緒に食べることがこの子たちの幸せなの」

子供たちは満足にご飯を食べられないけれど、それでも半分にして一緒に食べたがる。幸せとは何かを、真剣に考えさせられた。

僕は子供の頃、学校が目の前にあったのに、行きたくなかった。勉強も一生懸命やらなかった。

でも、カンボジアの子供たちは、学校が目の前にないけれど、学校に行きたくて仕方ない。みんな孤児だけど、いっぱい勉強して、いっぱいお金を稼いで、親孝行したいという。

彼らの手の温もり、無邪気な笑顔、そしてやさしい気持ちは、一生忘れないほど心にしみた。「子供たちに会うと心が洗われるわよ」とテレサ母ちゃんが言っていたことが、実際に来てみてよくわかった。

何か僕にもできることがあるんじゃないかと思えた。

その日を境に、僕もボランティアに参加したいと思うようになった。

子供たちは本当に純粋で、目がキラキラしている。
親に捨てられた子や親がいない子。そんな子たちも皆、親に感謝して生きている。
彼らを見ていると、自分が忘れていたものを取り戻せる。
支援しているつもりだが、助けられているのは僕らのほうなのだと気づく。

テレサ母ちゃんもそうだが、実際に現地で活動しているＮＰＯの皆さんが本当に素晴らしくて、みんな大好きだ。二十代の頃から現地に住みながら支援活動をしてきている日本人女性たちが中心となってやっている。しかも、大変なことなのにめちゃくちゃ楽しそうに笑顔で活動している。人のために命を輝かせて生きている皆さんを見ていると、本当に自分が恥ずかしくなる。
僕は自分のことだけを見て生きていた。借金を返す、世界一周したい、お金儲けしたいと。すべて自分が中心だった。

幸せとは何か？ 誰かのために生きる喜び。
命を輝かせて生きている女性たちから生き方を学んだ。

28　悔いはないわ〜カンボジア学校建設

その後、テレサ母ちゃんを悲しい出来事が襲う。なんと癌になり、余命三か月の宣告を受けた。こんなに元気で、人のために生きている素敵な人なのに。

僕は受け入れられなかった。でもテレサ母ちゃんは言う。

「悔いはないわ。本気で生きた時間があった私には、たとえ人の半分でも長生きの人生だったと思うわ。時間が単に長いだけが長生きではないのよ」

テレサ母ちゃんには、カンボジアの子供たちのために、どうしても死ぬまでに叶えたい夢があるという。

「私、カンボジアに学校を建てたい！　協力してくれない？」

それを断るという選択肢はない。一緒にやってみようと思った。

結果、僕が旗振り役となって、二〇一三年カンボジア学校建設プロジェクトを立ち上げた。例のハーレー先輩も一緒に。その他にも想いをわかってくれるたくさんの仲間が協力してくれた。

とは言っても、学校を建てるには最低五百万円は要ることを知り、正直不安な気持ちにもなっていた。

とにかく動き出さなければ何も始まらない。

テレサ母ちゃんの余命だってある。

仲間たちと手分けしていろいろな場所に飛び込みで行った。五分だけでいいからと話を聞いてくださいと頭も下げた。一万円とか、中には十万円寄付してくれる人もいたし、学生もなけなしのお金をカンパしてくれた。

日本も捨てたもんじゃない。

イベントや講演会などを開催して、少しでもカンボジアの現状を知ってもらう場を作り、募金を呼びかけた。悔いを残したくなくて、必死で行動した。

すると、なんとたった三か月で五百万円ものお金が集まり、テレサ母ちゃんとも親交の深い素敵な日本人女性たちが運営するＮＰＯに頼んで、学校を作った。

プロジェクトを立ち上げて一年もしない間に、学校を建てることができたのだ。

開校式の日程も決まり、テレサ母ちゃんもみんなと一緒にカンボジアへのチケットを取った。

現地に実際建った学校を写真で見て以来、テレサ母ちゃんの病状が一時快復したようにも見えたが、開校式の一週間前に日本で亡くなった。

みんな奇跡が起きるのではないかと強く願い、最高のシナリオを想像していた。だから余計に泣いた。

テレサ母ちゃんの通夜には、全国から岐阜の田舎に五百人もの人が集まった。それを見て、テレサ母ちゃんがどんな人生を歩んできたのかがよくわかった。

亡くなる前日に、「私の夢を叶えてくれてありがとう」と僕に言ってくれた。建てた学校を一目見てもらいたかったのに、本当に無念だった。

「悔いはないわ。これからもこの活動を少しでもいいから続けてくれたら嬉しい」

テレサ母ちゃんの言葉が、僕のその後を決めた。

それから七年経った現在も、テレサ母ちゃんまでとはいかないが、会社のスタッフとともに、カンボジアの支援に携わっている。

毎年のように文房具、洋服、サッカーボールなどを持っていって、学校に通う五百人の子供たちに渡している。仕事柄そのような品物を集めるのは得意だし、そのような活動に共感してくれる仲間にも恵まれた。

人生は有限だ。
一分一秒を無駄にせず人生を送ろう。
カンボジアに行くたび決意を新たにする。
支援とは一生続ける応援で、途中でやめては意味がない。

29 成功のキーワードは「共に」

個人で不用品回収業に携わって、七年近くが過ぎた。

二年目のまだ何もない一番大変な時期に、大手広告代理店の部長という立場から「僕も協力させてほしい」と転職してきてくれた人がいる。もう予想はついているだろう。元ヤンキーの先輩だ（笑）。

ありがたいことに僕とは真逆の能力を持っていて、とても細かいところまで目の行き届く人だ。そんな部長先輩が、それからずっと文句一つ言わず一緒にやってきてくれたおかげで今がある。大変なときもずっと離れず、支えてくれていた。そんな信頼できるパートナー、部長先輩と、一緒に働いてくれる頼もしい仲間がいたおかげで、二〇一四年四月二十七日、僕らは会社を立ち上げた。

会社の名前は、株式会社和愛グループとした。サントリーニ島でエフィさんに会って「愛」の力を信じた僕は、迷わず会社名に「愛」を入れた。

会社の理念は「人とモノの幸せな場を作る」。
そこには、「私たちは共に働く仲間たちと、共に学び、共に助け合い、共に高め合い、共に幸せになることを目指し、平和で愛の溢れる百年後の未来を創造していきます」という意味がある。

「共に」というのがキーワードだ。

自分一人ではうまく成し遂げられないことも多いし、僕の中にも得意なこと（凸）と不得意なこと（凹）もある。そんなときに、誰かと共に行動し、誰かと僕の凸凹を組み合わせ、共に協力し合う関係ができたら、どうだろう？

きっと大きなことを成し遂げられる。

凡人の僕が今まで自分の実力以上の結果を出せてきたのは、まさにこの考え方があり、その思いに共感してくれたパートナーがいつもいてくれたからだ。と言っても、初めからこの考えがあったわけではなく、たくさんの出来事の中で気づかされたのだが。

「共同経営はうまくいかないからやめておけ」と世間では言われているし、実際に僕も過去にたくさん言われてきた。成功したら奪い合い、失敗したらなすり付け合う人たちが多いからだろう。

でも、そんな関係性では、ビジネスだけでなく、結婚生活すらも長く続かない。能力やタイプが自分と真逆だからこそ、共に力を合わせたら、大きな力を発揮し、互いに助け合う存在になる。そして尊重し合えるのだ。

僕にはどの時代にもビジネスパートナーがいる。そして、なぜか元ヤンキーが多い（笑）。僕とは真逆の、しかも決まって年上の人がビジネスパートナーとなってくれる。

自分では意識していないが、最初に書いたように、当時のバドミントン部でヤンキー先輩に気に入られようとして培ったコミュニケーション力のおかげなのだろうか。そしてそんな先輩に限って義理人情の厚い人が多いから、一緒に仕事をしていてとても馬が合う。

出会った人が何かに困っていたり、何か苦手だと思っていたりしないか、いつも会話の中からそれらを見つける努力をしている。

そして発見したら、自分から近づき、お役に立とうと一生懸命に努力する。

それはいつの間にか、僕の習性になっている。

そんな僕を先輩たちが、「空気が読めるやつ」「かゆいところに手が届くやつ」と思ってくれて、可愛がってくれるようになり、今度は自分の得意分野で力を貸してくれる。

ウィンウィンなんていう言葉は使いたくないし、そんな下心はまったくないが、結果的にどんな先輩ともいい関係を築いてきた。

ありがたいことだ。


共に助け合えるパートナーがいる。

その過程で起こる悲しい出来事は半分となり、喜びはいつも倍になる。

一人では何もできないことをさっさと認めてしまおう。

30　僕に与えられたもう一つの使命

友達にエステサロンを経営している女社長さんがいる。

「サロンのお客様から恋愛のことで相談を受けているの。話を聞いてあげて」

サロン社長さんからそう頼まれたが、僕が相談にのってあげられるだろうか? しかも恋愛相談だ。女性の会話は共感が目的の場合が多いから、アドバイスなんてしなくてもいい。問題解決脳な男性が張り切ってアドバイスしようもんなら逆に怒られるなんてこともある。長年不用品回収で接してきた奥様方から、そう学んだことを思い出し、「話を聞くくらいなら」と、会うことになった。

約束した日にサロンに行くと、なんと二十名くらいの女性が集まっていて、みんなノートとペンを持っている。しかもホワイトボードまで用意されている。

「みんな話を聞くのを楽しみにしていて、こんなにも集まってしまいました」

想像では少数の方の悩みを聞いて共感するだけと思ってやってきたのに……。しかも「あげまん講座」という名がついている。あげまん?

しかし、サロン社長の顔をつぶすわけにもいかない。こうなったら、腹をくるしかない。

営業で多くの人と話をしてきた。その中で、いろいろ気づいたこともある。講演会で鍛えた話術も活かし、思い切って話し出してみた。

過去の様々な体験やエピソードを交えながら、男というものは単純でバカな生き物だから、扱いは簡単、女性がうまく操ってください、という話をした。そして普段女性の前では絶対に話すことのない、「男の本音」なるものまで、嫌われる覚悟で話した。

すべてアドリブで、気づいたら、二時間話していた。

集まった女性たちは、どんな話をするのだろうと警戒心もあったようだが、僕のキャラに安心してくれたのか、僕の話を受け入れてくれたようだ。

「ふだん聞くことのできない話を聞けた」と喜んでくれた。

「もっと早くこういう話を聞きたかった」と涙を流す人もいた。

それをきっかけに口コミでどんどん広がり、その後セミナーとして、いろいろな場所に呼ばれた。一年で五十回もの依頼をもらい、千人以上の人が聞いてくれた。

「あげまん」とは、一般的なイメージでは、「相手の男性の運気を上げる女性」という意味で使われる。反対の意味として「さげまん」という言葉もある。

しかし、「あげまん」は「あげ間」とも書き、もともとの意味は、空気（間）の読める存在のことだ。人と人の間に流れる空気を大切にできる人が、僕のいうあげまんだ。

社会のトップにいる人間にはまだまだ男性が多いが、実はその陰には有能な女性秘書や賢い妻の存在がある。

僕は講座ではっきり言う。

男性は単細胞生物。

コツをつかめばどんな男性をもヤル気にさせることは簡単。

つまり、女性次第で男性は大きく変わり、ひいては社会も大きく変わる。

さて、「あげまん講座」で僕がどんなふうに話すか、ここで一部を披露しよう。

「あげまん」の方はとにかく褒め上手です。

その男性の魅力をとっさに見つけ、すぐに口で相手に伝えます。決してお世辞や当てずっぽうな言い方はしません。ちゃんと相手を見て、その人が褒めてほしいと思うポイントを褒めるのが「あげまん流」です。

新しいネクタイをしていたら、

「そのネクタイ、すてきな色ね。すごく似合ってるわ！」

仕事が長引いて、デートの待ち合わせに遅れてしまったら、

「いつも人から必要とされているのね。本当にカッコいいわ！」

上級者のあげまんは、外見だけでなく、生き方や考え方などの内面までも褒めます。

いつもお伝えすることですが、男性は単細胞生物なので（笑）、特に女性から褒められると「それにふさわしい自分になろう」という心理が働き、言われた言葉をさらに意識して、そこに近づこうと頑張ります。

あなたが男性に対して何か理想像があるのなら、そこに近づくような言葉を投げかけ

るのがコツです。逆は禁物です。これは子育てにも応用できますね。

なので「あげまん」は褒め言葉は出し惜しみしません。

その目的はその男性をどんどん活躍させることですが、結果としてそれが自分のためになることを忘れないでください。

もちろん、褒めすぎたり、褒めるだけで終わったりすると、相手によっては逆効果になることもあるので要注意です。そのため、「褒め上手」になるのと同時に「伝え上手」になることが大切。相手にとってイヤなことでも正直に伝えなくてはなりません。

「あげまん流」の上手な伝え方は「アイ・メッセージ」を活用すること。アイ・メッセージとは「私は（I）」を主語にして、自分がどう感じているかを伝えます。

一緒に住んでいる男性がその辺に服を脱ぎっぱなしにしていたとしたら、

「服を脱ぎっぱなしにしないで！　ちゃんと片付けてよ！」

と、怒って言い放つのではなく、

「脱ぎっぱなしにしてる服をちゃんと片付けてくれると（私は）嬉しいな！」

と、相手を一切責めずに自分の感情を伝えます。

こう言われると、命令されたわけではないのに、片付けようという気が不思議と起きてくるのです。

「男は単細胞」なので、言われないと気づきませんが、ちゃんと伝えてあげれば、ちゃんと行動できます。

「あげまん」はとにかく「褒め上手」「伝え上手」「動かし上手」。

男性に対して何か要求があるのなら、アイ・メッセージを活用していくことをお勧めします。

とまあ、こんなふうに講座は進んでいく。

人間というものは、ついつい、他人を変えたり、目の前の状況を変えたりしたくなるが、自分の心の中を変えることによって、目の前に起こる現象が変わるのだ。

あげまんの精神は、男女関係だけでなく、人と人とのコミュニケーションに繋がり、仕事関係、親子関係、友人関係など、すべてに影響する。

僕の人生を変えたターニングポイントには、どれもあげまん女性が絡んでいた。

ハッピーセットを教えてくれたヒーラー姉さん、ベンツをトヨタと言った彼女（のちの妻）、ココイチ社長をつなげてくれたサロン夫人、世界への背中を押してくれた自動書記の先生、サントリーニ島でメッセージを伝えたくれたエフィさん、カンボジア支援のテレサ母ちゃんなど。

営業や不用品回収の仕事の中でも、いろいろな女性に出会ってきた。

その女性たちによって、僕がどう考え、どう変わったかも、エピソードとして話す。

エフィさんにもらった本『ザ・パワー』も、話に登場させる。

あげまん講座で話していることは、僕がこれまでの人生で学んだことなのだ。

現在は、心から尊敬する二人の先輩、日本一美味しいおむすびで多くの人を癒すイケメン社長と、名古屋の名だたる社長達を陰で支えるあげまん女社長に大きな支援をしていただき、共にあげまんメソッドを全国に広げている。

二十四歳のとき、サーファー社長に「お前は愛の伝道師になる」と言われた。

それから十二年。その言葉が現実となって動き始め、僕自身が一番驚いている。

人から求められた場で「愛」を伝えていくことは、僕に与えられたもう一つの使命なのだと感じている。

31 豪快に笑って受け流す人間に

二〇一五年のこと、会社の取引先が契約不履行を起こし、僕にとって過去最大といえる大きな損失を抱えた。

それとともに、多くのお客様へ多大な迷惑をかけてしまう事態が起きた。目の前が真っ暗になった。

自分ではどうにもならない規模の問題に頭を抱えながら、迷惑をかけてしまったお客様からの問い合わせに対応し、仕事も手につかず、毎日苦しい日々を過ごしていた。

このまま消えてなくなりたい……。そんなふうに思ってしまった瞬間も。

そんなある日、ある女性経営者に事情を説明しに出かけることになった。女性を輝かせるさまざまな事業を展開している会社の社長で、周りからナッティーの愛称で呼ばれている。

僕にはとにかく謝ることしかできず、怒られること覚悟で、下を向きながらナッティー社長のもとへ赴いた。

でも、ナッティー社長は思いっきりの笑顔を僕に向け、こう言った。

「これから若山くんを応援する側で動くか、若山くんを責める側で動くか。どちらもできるけど、私は若山くんを応援する側で動くから、顔を上げて笑ってよ！」

思ってもいなかった言葉を聞いて、涙がこぼれ落ちた。それから一時間ほど、僕を励まそうと、前向きな話をたくさんしてくれた。

ナッティー社長も大変な状況でいるはずなのに、だ。

僕を責めて当然な状況なのに、そのピンチを笑ってひっくり返そうとしている。

さらに、僕のことを励まそうとまでしてくれた。

これまで、ナッティー社長は、

「過去にはたくさんの辛い経験があったけど、すべて笑って乗り越えてきたのよ。今では全部笑いのネタよ」

と、いつも笑いながら僕に話してくれていた。

それは本当だったんだと、このときに身をもって感じた。

そして、またあげまんな女性に救われ、僕は久しぶりに笑顔を取り戻すことができたのだ。


その後も、ナッティー社長は、僕を助けようとさまざまな形でサポートを継続してくれた。それによって、僕は、また次の展開へ進む勇気を持つことができた。

ナッティー社長は、何があってもいつも声高らかに笑っている。

だから周りの人もみんな笑っていて、楽しいこともいっぱい集まってくる。


まさに「笑う門には福来たる」。

笑ってすべてをひっくり返せる人間を目指したい。

32 僕にたくさんのラッキーが起きる理由

「なんで、わっかんにはそんなにもラッキーなことばかり起きるの？」

いつも周りから言われる。

「そんなこと、ないよ～」と、僕は笑って返す。

けれども、正直自分でもそう感じている部分がある。

そして、そのラッキーなことばかり起きる理由を、実は僕は知っているのだ。

「小さなコツの専門家」のたくちゃんから、以前こんな話を聞いたことがある。

「わっかん、ご先祖様って何人いるか知ってる？」

おじいちゃん、ひいおじいちゃんまではなんとなく遡れるけど、ご先祖様となると、いっぱいいるのがわかるだけだ。考えても想像できなかった。

「ご先祖様って十代遡ると千二十四人、二十代遡ると二百万人もいるんだよ。そのご先祖様が、次に命を繋げることを一人でもできなかったら、わっかんはここにいないんだよ。しかも今より大変な時代に、ご先祖様はそれをやってのけた。そう考えるとスゴくない？」

たくちゃんの話は続く。

「そんなご先祖様の存在を意識しながら、愛をもって感謝して生きてる人は、たくさんのご先祖様から力を貸してもらえると思うんだよね。別に、感謝しようとしまいと、ご先祖様のことだから、多少力は貸してくれるだろうけど。

でも、わっかんがいつかご先祖様となって、未来のわっかんの子孫の一人が、毎日手を合わせ、愛をもって感謝を伝えてくれたら、どう？ 特に力を貸してあげたいと思わない？ 僕だったらそう思って、良い風を吹かせたり、上から運やツキをいっぱいまいたりしたくなると思うんだよね」

そんな話を笑いながらするたくちゃん。

なんか不思議な話だけど、大好きな人からの話は、自然と心にスッと落ちるような感覚で耳に入ってきた。

でも僕は怠け者で、すぐに忘れてしまう。人間ってそういうものかもしれないけど。しばらくは、感謝も何もせずに過ごしていた。

あるとき、取引先の契約不履行に遭い、頭を抱えて悩む毎日が続いた。これは鬱なのか？と思うような状態にも陥った。

今だから話せるけど、誰とも会いたくなくて公園のベンチによく一人で座っていた。そんなとき、ふと、たくちゃんから聞いたご先祖様の話を思い出した。

神頼みではないが、なんとなく試しに氏神様へ足を運んでみた。

それまで月に一度は熱田神宮、年に一度は伊勢神宮へ行き、商売上、神事（かみごと）は大切にしてきたつもりだった。けれど、個人的に神社へ行くことはなかった。

そっと目を閉じて手を合わせ、たくちゃんの言うとおり、ご先祖様を意識してみた。

そして感謝を伝えてみた。

なんだかよくわからないけど、感じたことのないような癒しに包まれた。
そして心の奥底から「大丈夫だよ」という言葉が湧き上がってきた。

この日を境に、毎朝、氏神様に足を運び、手を合わせて、ご先祖様に感謝を伝えるようになった。次第に、自分に起きるすべての出来事に感謝できるようになった。

それからしばらくしたら、周りの人たちから、
「なんで、そんなにもラッキーなことばかり起きるの？」
なんて言われるようになったのだ。

そう言われるまでもなく、自然とラッキーなことがいっぱい起きることに、僕は気づいていた。様々な問題もどんどん消えてなくなっていった。

もちろん生きていると、トラブルや困りごとは日々起きる。

でもそんなときに限って、絶妙なタイミングで救世主が現れたり、大事に至らず問題が解決したりする。

物事がいいほうにいいほうにと転がっていき、それが起きるスピードが加速する。

不思議なんだけど、言葉では説明できないんだけど、きっとご先祖様が守ってくれていて、力を貸してくれているんだと思う。今では我が子たちも僕の真似をして一緒に手を合わせることも多い。


ご先祖様から気に入られる子孫になる。

大切なのは、自分にそそがれる愛に気づくこと。

たくさんの愛に気づくと、感謝の気持ちがあふれてくる。

そんな人にはラッキーなことばかり起きるのだ。

33　仲間たちにスポットライトを

二〇一五年に、会社の事業で大きな取引をしていた相手の契約不履行に遭い、僕自身も過去最大といえる大きな損害を被ったとき、多くのお客様に迷惑をかけただけでなく、会社の仲間たちにもイヤな思いや不安を抱かせてしまった。

これ以上、会社の仲間たちに迷惑をかけたくなかったし、その頃はすでに、僕が現場にいなくても日々の業務は回るようになっていた。

僕が社長をやめたほうが、みんなに迷惑はかからないだろう。その思いが強くなっていった。

一人でまた一から何かを始めよう。

それを伝えようと、会社に向かった日のことだ。みんなを前にして心を落ち着かせ、「僕は社長をやめます」と言おうとした瞬間、仲間の一人が言った。

「社長！　次は何を始めます？　僕たちと一緒に始められる何か新しいことを、今から考えてください！　そうしたら、これから毎日社長に会えます！」

予想外の言葉に僕は驚きを隠せなかった。なぜなら僕はもう会社に必要ないと思っていたし、みんなからも同じように思われていると、勝手に思い込んでいたから。

その言葉を仲間から言われ、僕は少し戸惑いもしたけど、その後に「社長をやめる」とはとても言えなくなった。

それと同時に「今まで不用品回収の仕事をずっと頑張ってきた仲間たちに、もっとスポットライトが当たるようなことをしたい」という思いが、心の奥底からむくむくと湧いてきた。

仲間の言葉で、僕は気づいた。

僕はこの現実から逃げようとしていたのかもしれない。

みんなに「一か月だけ、僕に時間をください」と言い残し、会社を後にした。

何ができるか、そして何がしたいか、僕はずっとずっと考えた。寝ても覚めても考え続けた。そしてビジネスパートナーの部長先輩にも相談を重ねた。

これまでずっと不用品回収の仕事をしてきて、違和感を抱いていたことがある。世の中に不用品があるからこそ成り立つ仕事をしてきたわけだが、まだまだ使えるはずのモノが、毎日、しかも大量に処分されていくのだ。

「この先、この事業を通じて、最もやらなくてはいけないことは何か？」と自問自答したとき、この不用品回収業の使命にたどり着いた。

僕らの使命は本当の意味で「不用品を減らす」ことだ。

大量生産→大量消費→大量廃棄という循環を断ち切って、不用品を再度使用できるモノに生まれ変わらせ、ゴミを減らすということも大切なのではないか。同じモノを使い続けるには、工夫やアイデアで、生まれ変わらせなくてはならない。

そこに僕の今後の立ち位置があるのではないか。

さらに、この事業を通じ、「エコロジー：環境的」で「エコノミー：経済的」な社会の循環を創造し、地球に優しい真のエコライフを確立していきたい。
などと難しく考えたが、シンプルに言えば次の三つだ。

世の中からもっとゴミを減らすこと。
世の中にもっと笑顔を増やすこと。
そんな二つをオシャレに提案する次世代のリサイクルショップを作ること。

それが、僕がたどり着いた答えだった。

毎日のように家具を磨いた。
不用品だったものをリサイクルして、再度必要とされるモノに生まれ変わらせた。
そうすると、不思議と僕自身も生まれ変わったかのように元気になっていった。

34　新しい命を吹き込む、次世代のリサイクルショップ

今までにないようなリサイクルショップを目指すという基本路線は決まった。
しかし、それだけでは店はできない。
もっと具体的なところを詰めていく必要がある。

・どんな店にするのか？
・どんな人をターゲットにするのか？
・どんなサービスを提供するのか？

人通りのほとんどない辺鄙な場所にある倉庫を借りた。箱は決まった。
そこをどうやって魅力ある店にし、その場所にどうやってお客様を集めるのか。

考えれば考えるほどワクワクした。

と同時に不安に押しつぶされそうになる日もあった。


目指すのはリサイクルショップだけど、普通のリサイクルショップにはしたくない。

ただ中古品を安く販売し、それを目当てに人が集まる店なら、僕らがやる意味がない。

そういうリサイクルショップは、すでにいくつもある。


コンセプトを「新しい命を吹き込む」とした。

普通なら捨て去られてしまうようなモノも販売できる、センスやアイデアに溢れた店にしたいと思った。

それはおもしろくもあるし、社会的にもとても意義のあることだと思ったので、俄然ヤル気になった。


モノだけでなく、ヒトの魅力も売っていける店、イベントを定期的に開催し、魅力ある人とモノをどんどん発信していく場にできたなら、まさに次世代のリサイクルショップといえるものになるのではないか。

大きな志はあったが、広告にも人にもお金を割けない。最初は必要最低限でやりくりするしかない状況だった。


まずは、当時から流行していたインスタグラムを使うことにした。

0円で始められるインスタグラムを活用し、オープン一か月前から発信を始めた。

自分がワクワクしていることを、毎日投稿した。

これまでの経験で、やっぱり楽しいところや笑っている人のところにしか人は集まらないと感じていた。だから、インスタグラムを通じて、とにかく毎日のワクワクを発信していったのだ。


商品の説明や店の宣伝を中心に書くのではなく、商品を見たときの思いや店を始めるときの素直な気持ちをたくさん書いた。小難しいことや、リサイクルの社会的意義なんかはそっちのけで、毎日倉庫へやってくる家具たちへの愛を伝えていった。

そして、その作業は、僕が抱えていた不安を払拭していったし、より多くの共感者を得ることに繫がった。

半年後の二〇一六年六月四日。「新しい命を吹き込む」をコンセプトとした、次世代のリサイクルショップ「RE-SQUARE BANUL」（リ・スクエア バナル）がついにオープンした。

BANUL（バナル）は、「Breathe A NU Life：新しい命を吹き込む」の頭文字を取った僕らがつくった造語。多くの出会いや発見を楽しめるような、Recycle Square（リサイクルの広場）を提供するのが趣旨だ。

オープン初日、なんと各地から三百を超える花が届いた。いや、花とはお客様のことなのだが、店がたくさんの花で埋め尽くされたような光景だった。嬉しかった。心から感動した。

買い物を楽しむだけではなく、「人に会いにいく店」。
お客様に届けたいと心から願っているのは、その先に広がる明るい未来。

35　ワクワクがどこまでも止まらない

オープンしてしばらくは誰も来ない日もざらにあったけど、その後はなんとか地道に営業を続けられるようになっていった。

口コミとインスタグラムのフォロワーが少しずつ増えていくとともに、それに合わせてお客様も少しずつ来てくれる。やがて、「少しずつ」が「どんどん」になり、お客様の数が増えていった。

もちろん、なんでもスタートしてすぐは、心配なことと大変なことしかないけど、その中で、どんな「やり方」をするかより、どんな「在り方」でいるか、つまり、本人が楽しんでワクワクしながらやっているかどうかが大事。

そう思える出来事が続いた。

当初、僕しか店番がいなかったとき、急用ができて、店を閉めて外出した。「一時間ばかり外出するので店を閉めます」と、インスタグラムでお客様に伝えた。それを見たお客様が「その少しの時間でもいいので私を使ってください！」と言ってきてくれて、アルバイトとして仲間入り。

その後も、「僕も人生変えて、おもしろいことをやりたいです！」と大企業から、給料が減るのを承知で転職してきてくれた友人、「わたしもバナルで働きたい！」とイベント後に熱い長文メッセージをくれたお客様など、新たな仲間が加わっていった。

さまざまな力を持った愉快な仲間たちが、困ったときにそれを助けてくれるかのようにバッチリなタイミングで増えていく。

バナルは「できること」の幅をどんどん広げ、成長していった。

こうした仲間は、皆ワクワクを求めてバナルにやってくる。仲間を信頼し、共に毎日ワクワクを発信していたら、全国からどんどんお客様が集まってきた。

この愛知県小牧市の辺鄙な場所にある倉庫を改装した店へ、東京や大阪方面から頻繁に来てくださる方もいる。僕が知るかぎりでは、北は栃木県、南は大分県まで、何かのついでではなく、バナルを目指してわざわざ来てくれた。

ワクワクの持つエネルギーはものすごく強い。

もし、どうしたらワクワクできるのか悩んでいる人がいたら、「～するべき」「～ねばならない」という感情は捨て、「～したい」という感情に従うといいと伝えたい。したいことが見つからなければ、「～だったらいいな」という感情を大切にするといい。


バナルは「新しい命を吹き込む」をコンセプトにしている。

それはモノに対してもだけど、ヒトに対してもだと思っている。

僕たちの手で、捨てられていくモノをセンスとアイデアで復活させるのは当然のこと。

それと同時に、落ち込んだり悩んだりしているヒトに楽しんでもらい、元気を与えたい。

それらをひっくるめて「新しい命を吹き込む」ことだと思っている。


そんな活動を続けているうちに、大きなことに気づく。

このバナルの「新しい命を吹き込む」活動をしていく中で、いつの間にか自分自身にも新しい命が吹き込まれていた。

どんどん元気が出て、どんどん笑顔が増え、どんどんご縁が広がり、どんどん夢が見つかる。

バナルでは節目を祝う周年イベントを通じてお客様に感謝を伝えようと、企画を立ち上げてきた。回を重ねるたびに人が増え、誰も通らないような場所にも関わらず、一日に千人近くも集まることもあった。同業者もいっぱい視察にやってくる。

「今まで不用品回収の仕事をずっと頑張ってきた仲間たちに、もっとスポットライトが当たるようなことをしたい」という、ショップを始めるきっかけになった仲間たちへの想いが少しずつ形になっていっている。

ワクワクしたからどんどん人が集まり、元気を与えたからどんどん与えてもらえた。

そんなありがたい連鎖が今もなお続いている。

エピローグ〜すべては繋がる

二〇一六年に開店したバナルには、この店に惹かれてやってきた人たちが仲間となって働いている。

この店のコンセプトに共感して転職したいという人が現れたとき、最初は断った。どうなるかわからないこの店で働く人を受け入れるのは、自分にもまだ決心できなかった。でも、熱意を持って働きたいと言ってくれて、仲間になってもらった。

そうやって、仲間が増えていった。「嬉しい」の一言に尽きる。

みんなには、楽しく仕事をしてほしいと思っている。

楽しんでいるときが、最高のパフォーマンスを出せるとき。自分の経験上、それはよくわかっている。

人事査定はしないが、楽しくやってるか？　それだけはしっかり見てるつもりだ。

目指すのは、バナル含め和愛グループの仲間たちにしかできないことを追求して価値を深め、互いに、一緒に働きたいと思い合える関係と環境にすること。大企業には到底なれないが、大家族にはなれると信じている。でもそれが、これからの時代を生き抜くために必要な環境づくりなのだ。

僕はこれまで、多くの人たちに出会って、さまざまなことを学び、影響を受け、助けられ、そうしてここまで歩んできた。

周りから受け取ったものを、今度は僕の周りに集まってきてくれる仲間に伝えていく。今、僕はそういう時期にいると思う。

サントリーニ島で不思議な出会いをしたエフィさんは、今はロンドンでライフコーチの仕事をしている。たまに連絡を取り合っていただけだが、二〇二〇年になって、「一緒に何か仕事したいですね」と急に盛り上がり、オンラインでセミナーを行った。彼女はロンドンで。僕は日本で。

サントリーニ島から十年後のことだ。

エフィさんとの出会いには、何かの導きがあったとしか思えない不思議な縁があったが、今は、二人の意志で何かを成し遂げようとしている。


カンボジアのボランティアは、テレサ母ちゃんの遺志を受け継いで、会社も巻き込んで支援を続けている。

毎年カンボジアの子供たちのきらきらした目を見るたびに、よし、また頑張ろうと思う。


お客様から依頼されるモノは、不用品というくくりになってしまうことがまだまだ多いが、中にはお客様が泣く泣く手放すものであったり、思い出がぎゅっと込められているものであったりする。

捨てないで、タダでいいから、誰かに使ってもらいたいと願う人もいる。

そういう気持ちを大事にして、これからも不用品を減らし、リサイクルしていきたい。

その思いはずっと持ち続けていたい。

この事業が成功したら、今いる仲間たちと次に何をしようかとワクワクしている。
それは、次はどこの国を旅しようかという気分と同じだ。
スケジュールがすべて決まっている旅行では味わえない、旅の醍醐味。
何が起こるかわからない、誰に会えるかわからない、旅の高揚感。

僕の一番大きな夢は、旅するように生きることかもしれない。

おわりに

二〇二〇年、世の中を新型コロナウイルスが襲った。世界中が恐怖に怯え、緊急事態宣言が出されて、今まで当たり前にしてきたことができなくなった。会いたい人に会えない。学校へ行きたくても行けない。働きたくても働けない。見えない敵と闘う毎日に、多くの人たちはパニックになった。

もちろん、僕も頭を抱えることばかり。予約を受けていた仕事もキャンセル続出。お店は臨時休業。商談や講演の予定もほとんど無期延期になった。

これを乗り越えたら、僕は何者かになれるだろうか？

そんなふうに僕は考えた。五年前、取引先の契約不履行で最大のピンチに陥った、あのときのように、ピンチをチャンスに変えて、大きな成長を成し遂げたい。

だが今回は、これまで経験したことがないものだけに不安は膨らむばかりだった。とにかくコロナ対策は万全にして、仲間たちを守り、各部署の営業の方法を切り替えた。人と会うことができないので、商談や打ち合わせはオンライン、そしてあげまん講座も一部はオンライン講座に切り替えて開催した。

それでも、空いてしまう時間があったので、これからのために有効に使おうと思い、僕は久しぶりに自分の未来についてゆっくり考えてみることにした。

以前の僕は、まず目標を決めて、そこから何をすればいいか逆算をして行動する、いわゆる「目標達成型」の人生を歩んできた。

けれども、いつからか、「とにかく目の前のことを一生懸命にやる！」を自分のルールに加え、その先の人生は天にお任せする「天命追求型」の人生を歩んでいる。

そうなってからは、あまり目標を立てたり、その目標に期限をつけたりはしてこなかった。

ちなみに天命追求型の人生をみんなに勧めるつもりはないが、目標達成型の人生では味わえないようなおもしろさがある。今の自分には想像できないような未来と遭遇することもあり、そこで多くの成長と感動が味わえたりもする。

いつ出会うかわからない天命と自分を信じる生き方は、ドキドキハラハラするし、決して楽ではない。すべてを受け入れる覚悟がないとできないからだ。でも、予定の決まった「旅行」より、その場の出会いや感情で行き先を変える「旅」が好きな僕には、そっちのほうが向いていた。

自分の未来について考える中で、以前からずっと頭の中にあった『アナザースカイ』出演の夢がふつふつと沸き上がってきた。

なぜ、『アナザースカイ』に出たいと思うのか。出演して何がしたいのか。

僕みたいな凡人が、目の前のことから逃げずに、前へ、前へ進んできたら、こんなに素敵な人生があった、ということをテレビを通じて発信したい。多くの人たち、特に小中学生のような、これからを生きる若い人たちに夢と希望を与えたいのだ。

その夢に対して、今何かやれることはないかと考えた。

「二〇二二年十一月十一日にアナザースカイ出演決定！」

久しぶりに夢に期限をつけて紙に書いてみた。そして会社のミーティングでみんなの前で話したら、ワクワクが止まらなくなった。

それから僕は、いつか出版されるであろう、自分の人生についての本の準備として、過去のエピソードを書き起こしておこうと思い、コロナの影響で与えられたおうち時間を活用し、少しずつｉＰｈｏｎｅのメモに書きとめ始めた。

そして、どんな本にしようかとイメージを膨らませるために、自分が過去に読んださまざまな本を読み直した。その中で一冊の本と再会した。

十五年くらい前に僕の周りでも大流行した五日市剛さんの『ツキを呼ぶ魔法の言葉』という本。薄い冊子で、本嫌いだった僕でもとても読みやすく、五日市剛さんの講演内容がうまくまとめられている。

久しぶりにこの本を手に取り読み返した。イスラエルの旅の途中に出会ったおばあさんが教えてくれた二つの言葉によって人生が好転した物語。何度読んでもすごくおもしろい。

改めて読んでみて、ひとつのことに気づいた。似てる……。ギリシャで出会った女性から伝えられたメッセージにより人生が好転したという、僕のエピソードと。

イメージが重なった。僕は、五日市剛さんのような自分の体験本を書くんだと意気込み、それから常にカバンの中に忍ばせて、時間があればいつも見返していた。

そんなある日、友達から連絡があった。お笑い芸人をやめて、国内外でさまざまな経験を経た後に、今は東京で婚活学校を経営している人。巷で「童貞先生」と呼ばれ、モテない男子から絶大なる支持を得ている『童貞の勝算』の著者、川瀬智広さんだ。

こんなご時世だから、一緒にＹｏｕＴｕｂｅライブでもやって、たくさんの人たちに元気を与えよう！　と意気投合し、数日後、「あげまん×童貞」をタイトルに、二人のトークを配信した。

これがキッカケとなり、童貞先生から出版社の社長を紹介しようかと言ってもらえて、僕は飛び上がった。

評言社の安田社長に話を通してもらい、あげまん講座の企画書を持って、打ち合わせのため、いざ東京へ。もし、あげまん講座の本が出版されたら、その後、自分のエピソードを本にすることだって可能になるかもしれない。緊張しながら出版社へと向かった。

社長に、「あげまん講座の話の前に、まず、若山さんがどんな人なのかを知りたい」と言われ、現在の仕事のことから話し始めた。

なぜリサイクルの仕事を？

なぜその借金を？

なぜベンツに？

なぜダンスを？

なぜ……

社長の質問は続き、話はどんどん遡る。

世界一周一人旅でのルビーやサントリーニ島、ハッピーセット、一杯のカレーライスの話など、僕のこれまでの人生で起きたエピソードで盛り上がること二時間。

最近のエピソードの話もした。

コロナの影響で、夢に期限をつけ、いつか本を出すときのためにエピソードを書き起こしていたとき、十五年ぶりに五日市剛さんの本『ツキを呼ぶ魔法の言葉』を見返したこと。

カバンの中からその本を取り出して、安田社長に見せた。

社長は、ちょっとビックリした表情だった。

「若山くん、その本、知ってて持ってきたの？」

僕は何のことかわからなかった。たまたまカバンに入れていたので、話の流れで出しただけだった。

「実はね、五日市さんとは昔一緒に仕事したことがあってね……。それを今日持ってくるとは、若山くんにはやられたなぁ～」

なんと、五日市さんを媒介として、僕と評言社はつながっていたのだ。当時全国で流行って僕も使っていた五日市さんの『ツキを呼ぶ魔法の手帳』は、評言社から出版されたものだった。


その後に、僕はさらにビックリする言葉を聞く。

「よし若山くん、今話してくれた若山くんのそのエピソード、そのまま本にしよう！」

え？ 僕は正直驚きを隠せなかった。

だって、あげまん講座の企画書を握りしめて東京へ来たのに。それがまさか、いきなり人生のエピソードの本の話になるなんて。

もちろん断る理由はない。むしろそんなありがたい話はない。

「ぜひお願いします！」

この思いがけない成り行きで、本書の出版に至った。

何があってもタダでは終わらせない体質が（笑）、コロナの影響によりまた新たな展開に。

二十年前、ココイチの社長に救ってもらい、十年前、ココイチの社長に会うことができ、そこで言われた言葉。

「君の人生は本になるよ！しかもタイトルはもう決まってるじゃないか！『一杯のカレーライス』だ！二十一世紀版『一杯のかけそば』を君が書くんだ」

このエピソードからさらに十年の時を経て、現実となり、皆さんに手に取って読んでもらっている。タイトルこそ違うけれど。

やはり夢は叶う、と改めて思った。

僕がこの本を出版できたのは、ご縁があった皆さんのおかげです。評言社との縁を繋いでくれた川瀬智広さん、僕に興味を持ってくださった評言社の安田喜根社長と社員の方々に、心より感謝申し上げます。

いつも僕のことをよく理解し文句ひとつ言わず、共に会社を支えてくれている和愛グループの仲間たち、いつも僕と仲良くしてくれて自信を持たせてくれる友人たち、本書にも登場した人生の良ききっかけを与えていただいた恩師の皆さん、一人ひとりの名前をあげたらキリがないくらい、たくさんの周りの皆さんからの励ましがあったからこそ本書を出版することができました。

この場を借りて、僕の人生に一瞬でも関わってくれたすべての人たちに感謝を伝えたいです。

いつも僕のことを信頼し、全力で応援してくれている愛する妻へ、僕と出会ってくれて、結婚してくれてありがとう。いつも夢と希望を与えてくれる愛する息子へ、いつも笑いと癒しを与えてくれる愛する娘へ、生まれてきてくれてありがとう。三人の愛する家族へ、そして僕と妻の両親と兄弟、そしてご先祖様へ、感謝を込めて本書を捧げます。

最後まで読んでくださった皆さん、本当にありがとうございました。この本が多くの人たち（特に若者）の夢と希望に繋がったら嬉しいです。

皆さんも僕と一緒に、人生という名の素敵な旅を全力で楽しみましょう。

皆さんとこの先、旅の途中のどこかで出会えることを楽しみにしています。もしその辺で見かけたら、気軽に声をかけてください。

そして、僕の旅の続きは、二〇二二年十一月十一日放送のアナザースカイで見てくださいね。

皆さんの人生にもたくさんのラッキーが起きますように。

ラッキーマン　若山　陽一郎

著者プロフィール

若山 陽一郎

株式会社和愛グループ 代表取締役。

岐阜県生まれ。学生時代に各地のダンスコンテストで優勝し、TRFのバックダンサーに抜擢され上京するが、挫折し帰郷。

ある経営者との出会いをきっかけに起業するもうまくいかず、多額の借金をつくる。

一念発起し、不用品回収業で再度起業。若さと元気を売りに、"真心"を込めたサービスで、「口コミ満足度」「スタッフ対応満足度」「価格満足度」No.1を獲得。

その後、世界一周一人旅を敢行。15か国を周る。

カンボジアのクチャウ村学校建設ボランティアにも尽力。

"新しい命を吹き込む"というコンセプトで次世代のリサイクルショップ「RE-SQUARE BANUL」をオープン。全国から人が集まる話題の店となる。

様々な経験を活かし、200回を超える講演活動を行う。なかでも女性向けに展開する「あげまん講座」が口コミで広がり、総勢2,000名もが受講する人気講座となっている。


wakayama@waai-group.com

株式会社和愛グループ
https://waai-group.com

あげまん講座
https://www.agemankoza.com

ラッキーマン　何者でもない僕が、何者かになる物語

2020年11月11日　初版第1刷　発行
2024年 3月15日　初版第4刷　発行
著　者　若山 陽一郎
カバー・表紙　絵　若山 愛介
装丁・本文DTP　PINE 小松 利光
発行者　安田 喜根
発行所　株式会社 評言社
東京都千代田区神田小川町2-3-13 M&Cビル3F（〒101-0052）
TEL 03-5280-2550（代表）
https://www.hyogensha.co.jp
印 刷　中央精版印刷株式会社

ISBN978-4-8282-0716-2　C0095
定価はカバーに表示してあります。
落丁本・乱丁本の場合はお取り替えいたします。